ATRACCIÓN DEVASTADORA
KIM LAWRENCE

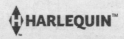

Editado por Harlequin Ibérica.
Una división de HarperCollins Ibérica, S.A.
Núñez de Balboa, 56
28001 Madrid

© 2012 Kim Lawrence
© 2016 Harlequin Ibérica, una división de HarperCollins Ibérica, S.A.
Atracción devastadora, n.º 2454 - 23.3.16
Título original: Santiago's Command
Publicada originalmente por Mills & Boon®, Ltd., Londres.

I.S.B.N.: 978-84-687-7606-4
Depósito legal: M-40598-2015
Impresión en CPI (Barcelona)
Fecha impresion para Argentina: 19.9.16
Distribuidor exclusivo para España: LOGISTA
Distribuidores para México: CODIPLYRSA y Despacho Flores
Distribuidores para Argentina: Interior, DGP, S.A. Alvarado 2118.
Cap. Fed./Buenos Aires y Gran Buenos Aires, VACCARO HNOS.

Capítulo 1

LUCY Fitzgerald...?

Santiago, que había medio escuchado la entusiasta descripción que había hecho su hermano acerca de la última mujer con la que estaba saliendo, levantó la cabeza y lo miró con el ceño fruncido mientras intentaba localizar aquel nombre que le resultaba familiar.

–¿La conozco?

Al oír la pregunta, su hermanastro, que se había detenido frente al espejo que había sobre la impresionante chimenea, se rio. Contempló su imagen con complacencia, se pasó la mano por la melena de cabello oscuro que llevaba y se volvió para mirar a su hermano con una amplia sonrisa.

–Si hubieras conocido a Lucy, no la habrías olvidado –le prometió con seguridad–. La vas a adorar, Santiago.

–No tanto como tú te adoras a ti mismo, hermanito.

Ramón, que era incapaz de resistirse al atractivo de su reflejo, giró la cabeza para mirarse y se pasó la mano por el mentón cubierto de barba incipiente antes de responder al comentario:

–Siempre se puede mejorar lo perfecto.

En realidad, Ramón estaba seguro de que por mucho que se esforzara nunca iba a tener lo que su carismático hermano había tenido y desperdiciado. En su opinión, era de mala educación que Santiago ni siquiera prestara atención a las mujeres que evidentemente se interesaban por él a pesar de que el pequeño bulto que tenía en la nariz, que era la marca que le había dejado su afición por el rugby, hacía su perfil imperfecto.

Ladeó la cabeza y miró al hombre que estaba sentado detrás del escritorio de caoba. A pesar de que había desaprovechado oportunidades, su hermano no era un monje, ni tampoco un jugador.

–¿Crees que volverás a casarte? –Ramón se arrepintió de sus palabras nada más pronunciarlas–. Lo siento, no pretendía... –se encogió de hombros. Habían pasado ocho años desde la muerte de Magdalena y aunque, en aquel entonces, Ramón era poco más que un niño, todavía recordaba la horrible mirada que la muerte había dejado en los ojos de su hermano. Una mirada que reaparecía con tan solo mencionar el nombre de Magdalena. Y no porque no tuviera algo que siempre le recordaba a ella: la pequeña Gabriella era la viva imagen de su madre.

Al ver que Ramón estaba sintiéndose incómodo, Santiago trató de ignorar el sentimiento de culpabilidad y fracaso que siempre le producía pensar en la muerte de su esposa y sonrió.

–¿Así que esa tal Lucy te está haciendo pensar en el matrimonio? –preguntó cambiando de tema y anticipando la negativa de su hermano–. Debe de ser muy especial.

–Lo es...

Santiago arqueó las cejas al oír la respuesta de su hermano.

–Muy especial. ¿Matrimonio? –miró a su hermano de forma retadora y añadió–: ¿Por qué no? –parecía tan asombrado como su hermano de oír aquellas palabras.

–¿Por qué no? –preguntó Santiago–. A ver... Tienes veintitrés años y ¿cuánto tiempo hace que conoces a esa chica?

–Tú tenías veintiuno cuando te casaste.

Santiago bajo la mirada y pensó: «Y mira cómo me salió».

Consciente de que si se oponía sería peor, se encogió de hombros y dijo:

–¿Quizá debería conocer a esa tal Lucy?

–Te va a encantar, Santiago, ya lo verás, no serás capaz de evitarlo. ¡Es perfecta! Como una diosa –suspiró.

Santiago arqueó una ceja e hizo una mueca antes de pasar la mano por la pila de correspondencia sin abrir que esperaba sobre el escritorio.

–Si tú lo dices –agarró el primer sobre, se puso en pie y rodeó el escritorio.

–Te diré que nunca he conocido a nadie como ella.

–La tal Lucy parece excepcional –Santiago, que nunca había conocido una mujer perfecta, le siguió la corriente a Ramón.

–Entonces, ¿no tienes objeción?

–Tráela a la cena del viernes.

–¿En serio? ¿Aquí?

Santiago asintió mientras leía la carta que tenía en la mano. La madre de Ramón le decía que el joven se había desmadrado y que le gustaría saber qué pensaba hacer al respecto.

Santiago miró a su hermano.

–No me habías contado que tienes que repetir segundo curso –su madrastra insinuaba que Santiago tenía la culpa de ello.

¿Y quizá tuviera razón? Siempre había querido que su hermano disfrutara de la libertad que él no había tenido tras la prematura muerte de su padre, pero ¿habría sido demasiado indulgente y sobreprotector con su hermano?

Ramón se encogió de hombros.

–Si te soy sincero, la Biología Marina no es lo que yo esperaba.

Santiago lo miró con los ojos entornados.

–Por lo que recuerdo, tampoco lo era la Arqueología, o... ¿qué era? ¿Ecología?

–Ciencias Ambientales –respondió su hermano–. Créeme, eso era...

–Eres muy inteligente, así que no comprendo cómo... ¿Has ido a alguna clase, Ramón?

–A un par... Lo sé, Santiago, pero voy a aplicarme. En serio, Lucy dice...

–¿Lucy? Ah sí, la diosa. Lo siento, me olvidé.

–Lucy dice que nadie te puede privar de una buena educación.

Santiago pestañeó. Lucy no se parecía en nada a las numerosas mujeres con las que su hermano había salido antes.

–Tengo ganas de conocer a Lucy –quizá lo que su hermano necesitaba era una mujer que considerara que la educación era algo bueno.

Era pronto para juzgarlo.

El primer día que estaba en la finca, Lucy no consiguió que el coche de Harriet arrancara, así que decidió ir caminando hasta el pueblo. La distancia no le supuso un problema, pero sí el sol abrasador de mediodía en tierras andaluzas.

Una semana más tarde, el coche de Harriet seguía subido sobre unos ladrillos, esperando la pieza que el mecánico había pedido, y Lucy todavía tenía la nariz pelada, sin embargo, ya no le dolía y su piel había recuperado el color habitual en el resto del rostro.

Ese día, Lucy decidió ir al pueblo otra vez caminando, en lugar de tomar un taxi tal y como Harriet le había aconsejado. Había salido pronto y había conseguido comprar todo lo que Harriet le había pedido antes de que hiciera mucho calor.

Solo eran las diez y media cuando llegó al puente que cruzaba el arroyo que bordeaba la finca de Harriet, donde se encontraba una casa pequeña con tejas de barro. Era el resto de la finca lo que había llamado la atención de su amiga. Una vez jubilada, Harriet había decidido cumplir su sueño y montar, ante el asombro de sus excompañeros de trabajo, un santuario de burros en España.

Cuando Lucy le había dicho que era muy valiente, la mujer que había sido su tutora en la universidad le contestó que simplemente estaba siguiendo el ejemplo de la que era su antigua alumna favorita. Lucy, que no estaba acostumbrada a que la tomaran como modelo de referencia, no le había comentado que el cambio que se había producido en su estilo de vida no había sido una elección, sino una necesidad.

Lucy avanzó por la hierba que bajaba hasta el arroyo y se quitó las sandalias. Al sentir el agua helada contra su piel caliente, suspiró. Riéndose avanzó por las piedras hasta que el agua le llegó a la pantorrilla.

Se quitó el sombrero, sacudió su melena rubia, cerró los ojos y echó la cabeza hacia atrás para sentir el calor del sol en el rostro. ¡Era maravilloso!

Santiago apretó las piernas para que su caballo avanzara hacia el arroyo. Ya sabía por qué el nombre de la chica le resultaba tan familiar.

El disfraz de ángel sexy era bueno, pero no tan bueno, no para alguien que poseía una cualidad inolvidable, ¡y Lucy Fitzgerald era así!

No llevaba el vestido rojo y los tacones de aguja. Cuatro años antes, los medios de comunicación habían utilizado esa imagen una y otra vez, pero él no dudaba de que fuera la misma mujer que había recibido la condena moral unánime de un público indignado.

Ella no había dicho ni una palabra para defenderse, porque sabía que si quebraba el mandato de silencio terminaría en la cárcel. Algo por lo que Santiago habría dado dinero.

La imagen de aquella esposa traicionada y llorosa apareció en su cabeza. La expresión valiente de aquella mujer, que no ocultaba el sufrimiento emocional, contrastaba con la actitud fría que Lucy Fitzgerald había mostrado delante de las cámaras.

En circunstancias normales, no habría leído más allá de la primera línea de un artículo como ese, pero la situación del publicista que había recurrido a los juzgados para protegerse de Lucy Fitzgerald tenía un extraño parecido con la que él había vivido, aunque a menor escala.

En su caso, la mujer de la que apenas recordaba su nombre, y mucho menos su cara, y que había intentado sacar provecho económico de él, había sido más oportunista que despiadada. Además, el hecho de no estar casado y de que no le importara la opinión que la gente tuviera de él, lo había hecho un blanco menos vulnerable que la víctima de Lucy Fitzgerald, quien en lugar de rendirse ante la amenaza de contarlo todo que le había hecho su amante, había conseguido una orden judicial para evitar que ella hablara.

El chantaje era el arma de los cobardes, y las mujeres como Lucy Fitzgerald representaban todo lo que Santiago despreciaba.

La miró de arriba abajo y se fijó en la blusa de algodón y la falda que llevaba. La mujer era como el veneno, pero tenía un cuerpo que invitaba a todo tipo de fantasías pecaminosas.

Por supuesto, ella era demasiado provocativa para su gusto, pero era fácil comprender por qué su hermano se había quedado deslumbrado. Era un caso de atracción sexual, no de amor.

¡Era necesaria una influencia positiva!

Santiago contuvo una carcajada. ¿Positiva? Lucy Fitzgerald sería tóxica aunque solo una mínima parte de su reputación fuera verdad.

Santiago recordó a las chicas guapas y frívolas, pero inofensivas, con las que su hermano solía salir y de las que podía haberlo salvado. No obstante, había decidido que Ramón aprendería a base de experiencia. No obstante, aquella era una situación totalmente diferente: no podía permitir que su hermano se convirtiera en víctima de aquella mujer.

¿Habría buscado a Ramón como objetivo específico?

Santiago, que creía tan poco en las coincidencias

como en el destino, pensaba que era así, y pensaba que su hermano era una presa fácil para alguien como ella.

¿Sabría Ramón quién era ella? ¿Conocería su historia o, al menos, la versión en la que ella se había convertido en una víctima inocente? No dudaba de que pudiera ser muy convincente y estaba claro que Ramón estaba completamente cautivado, así que ¿para qué iba a sacar a la luz su sórdido pasado cuando su víctima no era más que un adolescente el año en que su historia se convirtió en noticia?

¡Un adolescente!

La rabia se apoderó de su mirada. Ella no solo era una cazafortunas, sino, además, una asaltacunas. Debía de tener unos... ¿Treinta años? ¿Uno más o uno menos?

Parecía más joven y, por una vez en su vida, su hermano no había exagerado. Lucy Fitzgerald era una mujer a la que podía describirse con la palabra «diosa». Tremendamente bella, incluso descalza y con una simple falda de algodón. En cualquier otra mujer, él habría pensado que la transparencia de la tela que revelaba sus esbeltas piernas era accidental, sin embargo, estaba seguro de que aquella mujer tenía planeados incluso los sueños.

Mientras ella permanecía sin percatarse de su presencia, Santiago aprovechó la oportunidad para contemplar su silueta de diosa bajo la tela de su ropa.

Era alta y esbelta, con piernas largas y la silueta de un reloj de arena. La mujer desprendía sensualidad y Santiago se sintió molesto al ver que su cuerpo reaccionaba con deseo ante la imagen, de forma independiente de su cerebro.

Mientras la observaba, ella metió la mano por el cuello de la blusa y agarró el tirante del sujetador que se le había caído por el hombro. La naturalidad de su gesto la convirtió en una mujer más normal, y muy deseable.

Mientras el sol incidía sobre su larga melena dorada, Santiago se percató de que si quería salvar a su hermano de los hechizos de aquella bruja debía actuar rápidamente.

Era peligrosamente bella.

Algún día, Ramón se lo agradecería.

Santiago se bajó del caballo y, al oír el ruido de sus botas, Lucy se sobresaltó. Al volverse y ver la figura de un hombre a contraluz, sus ojos azules expresaron temor. Su enorme caballo estaba bebiendo agua del arroyo.

Cuando momentos después el hombre habló con ella, Lucy consiguió recuperar el control, pero el corazón seguía latiéndole aceleradamente.

—Lo siento, ¿la he asustado?

«Bastante», pensó Lucy.

El intruso hablaba perfectamente inglés, pero no era británico.

—No sabía que... No lo he oído llegar —se esforzó por cambiar la gélida expresión de su rostro, la misma con la que se había ganado la fama de «mujer de hielo». Le supuso un esfuerzo, puesto que tenía completamente integrado aquel mecanismo de defensa.

Hubo un tiempo en que había corrido el peligro de que sus experiencias la convirtieran en una mujer dura y cínica, y como decía su madre, con miedo a vivir. Aquella acusación había provocado que ella intentara no pensar lo peor de cualquier situación.

Otra cosa distinta era la precaución, y en aquellas circunstancias era sensato tenerla.

Caminó despacio hasta la orilla y se acercó al hombre con una sonrisa distante. Era muy alto, de anchas espaldas y piernas largas. Daba la impresión de ser poderoso, rudo y elemental. Lucy se protegió del sol con la mano y su sonrisa se desvaneció al ver el rostro deslumbrante de aquel hombre.

Sus facciones parecían esculpidas en bronce, de nariz aguileña, con mentón y pómulos prominentes. Lucy se fijó en sus labios sensuales y se quedó boquiabierta. Al percatarse de que llevaba bastante rato mirándolo, se sonrojó y tuvo que esforzarse para mantener el contacto visual con el hombre que la miraba fijamente.

Era experta en ocultar sus sentimientos, pero aquel hombre era aún más impenetrable. Sus ojos eran increíbles y sus pestañas largas y oscuras salpicadas de reflejos plateados que recordaban a una noche estrellada.

«¿Una noche estrellada...?». Consiguió centrarse y pensó, «Lucy, lo que necesitas es una dosis de azúcar». No era exactamente azúcar lo que su mejor amiga, Sally, le había recomendado cuando le dijo que viajaría a España.

–Lucy, tener principios es estupendo y es cierto que el amor verdadero es fantástico, pero ¡en los cuentos de hadas! ¿Por qué no llegas a un compromiso contigo misma y mientras esperas al príncipe azul disfrutas de buen sexo con un español sexy? Admítelo, no te faltarán oportunidades... ¡Ay, si yo tuviera tu aspecto!

Lucy, que no sabía nada del buen sexo, excepto que no era para ella, trató de ignorar el recuerdo de aquella conversación. Se aclaró la garganta y dijo lo primero que se le ocurrió.

—¿Cómo ha sabido que soy inglesa?

La última vez que había sentido tanto nerviosismo había sido durante un pequeño terremoto que había hecho temblar la habitación del hotel donde se encontraba. ¿Sería aquello lo que la gente llamaba magnetismo animal? Lucy prefería no tener que exponerse ante la masculinidad que él irradiaba.

El desconocido acarició al caballo en el lomo, arqueó una ceja y la miró de arriba abajo fijándose en su larga melena.

En todas las fotos de ella que Santiago había visto, llevaba el cabello recogido en un moño elegante y puritano que revelaba su cuello de cisne y su mentón delicado. Suponía que cambiaba de peinado en función del papel que quería representar, y comprendía por qué su melena rizada resultaba tan atractiva para su hermano... Y para cualquier hombre.

—El tono de su piel indica que no es de por aquí...

Se fijó en su tez clara y en la piel rosada de sus mejillas. Curiosamente, no llevaba nada de maquillaje. Tenía las cejas y las pestañas oscuras, los ojos de color azul eléctrico, y se podía decir que sus labios sensuales eran demasiado llamativos para su rostro delicado.

—Oh... —Lucy se llevó la mano a la cabeza y se colocó un mechón de pelo detrás de la oreja antes de esbozar una sonrisa.

Él la miró y ella percibió cierta hostilidad en su lenguaje corporal.

¿Era algo personal o se comportaba así con todo el mundo?

–Supongo que destaco un poco entre los demás –continuó Lucy forzando una sonrisa.

Santiago la miró de arriba abajo.

–Y tampoco intenta pasar desapercibida.

Lucy carraspeó y dijo:

–¿Cuál es su problema? No me he colado en ningún sitio, pero probablemente usted sí.

–¿Yo? –parecía divertido con su comentario–. Soy Santiago Silva.

–¿Debo hacerle una reverencia? –así que era el propietario de todo lo que alcanzaba la vista, incluida la propiedad que Harriet tenía alquilada. Por lo que su amiga le había dicho, era un chico estupendo. Era extraño, porque Harriet solía tener buen criterio.

Lucy se puso una mano en la cadera, sin percatarse de que la postura era provocadora, y vio que él sonreía.

–No me había enterado de que teníamos una visitante famosa, ¿o debería decir «infame», señorita Fitzgerald? –vio que ella hacía una mueca y experimentó un sentimiento de satisfacción.

Capítulo 2

LUCY sintió como si le hubieran dado un puñetazo en el estómago y su expresión se volvió gélida. Maldijo en silencio por haberse sorprendido de que alguien la hubiera reconocido en España. El mundo era pequeño y con la aparición de las redes sociales se había vuelto mucho menor.

No importaba cuántas veces se hubiera repetido que no debía afectarle lo que pensaran los desconocidos, a pesar de ello, todavía le resultaba doloroso y se enfadaba por sentir ganas de esconderse cuando oía algún comentario despectivo. Según algunas personas, esconderse era lo que llevaba haciendo los últimos cuatro años.

El orgullo le permitió alzar la barbilla y mirar a Santiago a los ojos. No volvería a esconderse. No había hecho nada malo. La orden judicial había pasado a la historia y ya nada impedía que pudiera contar su versión. Nada más que el convencimiento de que como víctima inocente no debía darle ninguna explicación a nadie. Después de todo, las personas que le importaban nunca se habían creído las mentiras que habían publicado acerca de ella.

—Si hubiera sabido que la gente local era tan cálida y acogedora, habría venido antes —dijo ella con una falsa sonrisa.

–¿Y cuánto tiempo piensa quedarse?

–¿Por qué? ¿Piensa expulsarme del pueblo, *sheriff*? –se mofó ella.

Él la miró fijamente y no dijo nada.

–No debería bromear, probablemente pueda hacerlo.

Tenía la sensación de que bastaba con que aquel hombre chasqueara los dedos para que los habitantes locales la echaran de allí.

Durante el tiempo que había pasado allí, Lucy había oído hablar de Santiago Silva en muchas ocasiones. La gente lo alababa y, teniendo en cuenta que era un banquero, resultaba extraño.

Los comentarios de la gente habían provocado que Lucy se creara una imagen muy diferente del hombre que tenía delante y que la miraba de manera altiva. No se parecía en nada al hombre cariñoso y empático que le habían descrito, y sí más bien a un despótico señor feudal que esperaba que la gente se inclinara a su paso.

–Ha conocido a mi hermano –le comentó.

Lucy negó con la cabeza. De pronto, comprendió lo que decía.

–Ramón –el chico que había llamado a la finca momentos antes de que ella se marchara para invitarla a cenar en el castillo. Se alegraba de haber rechazado la oportunidad de conocer a su hermano.

Ramón no tenía ningún parecido con Santiago. De hecho, era un chico amable que la había ayudado cuando se había quedado tirada en el aparcamiento de la clínica el día después de su llegada. Se había portado como un héroe tratando de reparar el problema del viejo coche de Harriet.

Desde entonces, había ido dos veces a la finca.

Lucy sonrió al recordar que la última vez la había ayudado a atrapar a uno de los burros antes de que llegara el veterinario, que se había caído al suelo y que se había manchado el traje. Le costaba creer que tuviera alguna relación con aquel hombre.

–No volverá a verlo –comentó él con tono tranquilo, algo que contrastaba con la amenaza que contenían sus palabras.

Lucy negó con la cabeza, desconcertada por el rumbo que estaba tomando la conversación. ¿Tendría algo que ver con su negativa a aceptar la invitación para cenar en la casa principal? ¿Habría metido la pata?

Aquella posibilidad la hacía sentirse incómoda. Su amiga Harriet había hecho todo lo posible para que ella se encontrara a gusto.

–¿Ah, no?

No, señorita Fitzgerald.

–¿Ramón se va a marchar?

–No, es usted la que se va a marchar.

Lucy perdió la paciencia.

–¿Podría dejar de ser tan enigmático y soltarlo de una vez? ¿Qué intenta decirme?

–Para ser alguien claramente inteligente, no ha investigado mucho. Mi hermano no tendrá acceso a su dinero hasta que cumpla veinticinco años, a menos que yo le dé mi aprobación. De mí depende el tipo de vida que mi hermano puede llevar ahora.

–Pobre Ramón –dijo ella, sin estar segura de por qué su hermano pensaba que aquella información podía interesarle.

–Así que está perdiendo el tiempo.

–Es mi problema –contestó ella, sin saber de qué estaba hablando.

–Le sugiero que se olvide de él y se busque un objetivo más rentable.

–No tengo ni idea de qué está hablando –admitió ella.

Santiago hizo una mueca de desagrado al ver que ella trataba de mostrar inocencia. Al percibir la reacción de su dueño, el caballo pateó el suelo y relinchó.

Sin pensarlo, Lucy se acercó para acariciar al animal, pero Santiago se interpuso en su camino.

–No le gustan los desconocidos.

–Pensaba presentarme.

Santiago la miró de una forma retadora.

–Quiero solucionar esta situación rápidamente.

La solución no era la más deseable. Todo su cuerpo pedía venganza y, sin embargo, iba a recompensar a aquella mujer... Respiró hondo, aceptando que había ocasiones en las que un hombre debía hacer lo necesario, aunque no fuera lo más adecuado. Sin embargo, no tenía por qué gustarle.

–Si se marcha inmediatamente, cubriré sus gastos.

En el municipio solo había un hotel de lujo y un par de casas rurales donde alquilaban habitaciones. Él no podía imaginarse que alguien como Lucy Fitzgerald se hospedara en una casa rural, así que supuso que era huésped del hotel.

Lucy asintió y comentó:

–Muy generoso por su parte –después soltó una risita–. ¿Cree que podría darme una pista? No tengo ni idea de lo que está hablando.

Él chasqueó la lengua.

–Vamos, Lucy. Te estás haciendo la inocente y actúas de maravilla, pero al final aburre.

Ella enderezó la espalda para intentar ponerse a su

altura, sin embargo, el hermano de Ramón era muy alto.

–Mis amigos me llaman Lucy.

–Y estoy seguro de que tienes muchos amigos.

Lucy apretó los dientes.

–Los gastos y dinero de compensación. Solo si te marchas inmediatamente.

–¿Quiere pagarme para que me vaya de dónde?

–Del país, y para que te alejes de mi hermano.

Lucy respiró hondo y dijo:

–Permita que me aclare. ¿Me ofrece dinero para que me aleje de su hermano? Siento curiosidad por saber cuánto... No, no me lo diga. Igual me tienta.

Él se lo dijo y ella lo miró asombrada.

–¡Guau! ¡Debe de pensar que soy realmente peligrosa!

–La cantidad no es negociable –recalcó él–. Has de marcharte –la miró y frunció el ceño–. ¿Qué estás haciendo?

Ella se detuvo y lo miró por encima del hombro.

–¿Qué estoy haciendo? –sonrió–. Pensaba que era evidente, señor Silva... estoy marchándome. Me gusta caminar, pero nunca me habían ofrecido pagarme por ello. Deme su número de teléfono y lo llamaré la próxima vez que haga un maratón.

Santiago la observó marchar por el camino polvoriento. Le había hecho una buena oferta a propósito, y había pensado en la posibilidad de que ella quisiera aumentar la cifra, pero no había considerado la opción de que la rechazara.

Maldijo en voz baja, se montó en el caballo y avanzó en dirección contraria a la que ella había tomado.

Y hasta que no se le pasó el enfado ni siquiera pensó en que no tenía ni idea de lo que ella estaba haciendo allí, en medio de la nada. La única casa habitada estaba a tres kilómetros y era la que él le había alquilado a una profesora británica que había montado un santuario de burros.

Era difícil de imaginar que aquellas dos mujeres tan diferentes vivieran juntas, así que solo quedaba la opción de que... ¿Quizá estuviera esperando a alguien? ¿En ese lugar tan solitario? No... A menos que el encuentro requiriera privacidad.

Para cuando llegó al castillo, la idea de que ella había estado esperando a su hermanastro para tener un encuentro amoroso se había convertido en una convicción.

Su hermano no se estaba comportando de una manera racional. Santiago recordó la mirada de los ojos azules de aquella mujer y sintió que la rabia que sentía hacia su hermano remitía. Dudaba de que Ramón fuera el único hombre incapaz de actuar de manera racional alrededor de Lucy Fitzgerald, el único incapaz de verla más allá de su ardiente sexualidad, el único dispuesto a ignorar la verdad para poseer su cuerpo, pero por suerte para Ramón, él no era uno de ellos.

¿Creía ella que había ganado?

Santana, su caballo, respondió a su golpe de talón y comenzó a galopar. Para atrapar a los ladrones había que emplear el mismo método despiadado que utilizaban ellos.

Temblando de furia, Lucy recorrió el resto del camino en tiempo récord. Se detuvo unos instantes en la puerta de la finca para recuperarse, porque a pesar de que le habría resultado agradable expresar sus sentimientos acerca de Santiago Silva, lo último que necesitaba su amiga era enterarse de que su invitada había discutido con él.

Harriet se habría visto obligada a defenderla, así que Lucy decidió que lo mejor era no decir nada. Además, él no tenía ni idea de que ella estaba alojándose en casa de Harriet y mientras se mantuviera fuera de su camino, no tendría que volver a verlo.

Contenta con la idea, respiró hondo, sonrió y se tocó las mejillas. Al notar que estaban húmedas, se sorprendió. Santiago Silva había conseguido lo que no habían conseguido ni los periodistas. La había hecho llorar.

Harriet, que normalmente era muy observadora, no se percató de que se le habían escapado las lágrimas, y eso sugería que su amiga sufría más dolor del que había reconocido antes de salir hacia los establos para cuidar a un burro viejecito.

Lucy le prohibió que continuara haciendo esfuerzos e insistió en que regresara a casa para reposar. La otra mujer tenía mucho mejor aspecto cuando se levantó más tarde, así que, al día siguiente, Lucy le sugirió que se acostara otra vez y la mujer no se resistió a la idea.

Lucy decidió aprovechar el tiempo para llevar heno a los animales que estaban en el pasto. Mientras caminaba por el campo, oyó un ruido en la distancia. El sonido se hacía cada vez más intenso y, de pronto, se oyó un golpe fuerte seguido de un silencio inquietante.

Lucy dejó el heno que estaba repartiendo y corrió

hasta llegar a un alto desde el que se veía el camino y el origen del ruido.

—¡Oh, cielos! —se cubrió la boca con la mano.

Había un *quad* volcado, con las ruedas delanteras en un socavón y las traseras ocultas entre unos matorrales que había arrancado al derrapar en el camino de tierra.

No veía al conductor por ningún sitio. ¿Habría salido despedido?

Lucy bajó corriendo hasta el lugar del accidente.

—¿Hay alguien? ¿Se encuentra bien?

—No, no estoy bien. Estoy... —oyó que se quejaban en español. Después continuaron en inglés—. Estoy atrapada. Ayúdeme a salir, por favor.

Lucy vio aparecer una mano pequeña de debajo del *quad*. Se arrodilló y se inclinó para mirar. La conductora era una niña de cabello oscuro.

—No es buena idea moverte hasta que...

—Ya me he movido. No estoy herida. Es que se me ha enganchado la chaqueta... —la niña dio un pequeño grito y exclamó—: ¡Por fin!

La pequeña salió de debajo del vehículo. Aparentemente, solo tenía un arañazo en la mejilla. Lucy permaneció atenta mientras la pequeña, que tenía unos diez u once años, se sentaba en el suelo y comenzaba a reírse.

—¡Vaya susto!

—Yo diría que te has librado de una buena —Lucy se puso en pie y le tendió la mano—. Mira, aquí no hay cobertura, pero creo que deberías ir al médico a que te vea.

La niña se puso en pie sin necesitar su ayuda.

—No, estoy bien, yo... —se calló y, al mirar el vehículo volcado se puso seria–. ¿Crees que hay alguna manera de volver a ponerlo en el camino?

Lucy negó con la cabeza.

–Lo dudo. Creo que deberías sentarte... –«antes de que te caigas», pensó al ver que estaba pálida.

–Estoy en un buen lío. Cuando mi padre lo vea pondrá el grito en el cielo. Se supone que no debería haber usado el *quad*... Aunque, claro, se supone que no puedo hacer nada que sea divertido. ¿Sabes lo que se siente al tener a alguien que se comporta como si no fueras capaz ni de atarte los cordones de los zapatos?

Lucy frunció los labios.

–No, no lo sé –su padre solía actuar al contrario: «No te quejes, Lucy, sigue adelante».

–Por eso estoy en casa, porque mi padre me ha sacado de la escuela. No me importa. Odio el colegio, es él el que siempre dice que la educación es muy importante.

Lucy estaba de acuerdo. Mientras la pequeña hacía una pausa, sonrió.

–¡Y Amelie ni siquiera está enferma!

–¿Enferma?

–Meningitis.

–¿Tu amiga tiene meningitis?

–No, no la tiene. Lo dije yo. Y no es mi amiga. Yo no tengo amigas.

–Estoy segura de que eso no es cierto.

–Es cierto, y con un padre como el mío no es de extrañar. No me dejó ir al viaje de esquí. Iba todo el mundo y ahora, después de que el director les haya dicho a los padres que no hay motivo de preocupación, y que Amelie no tiene meningitis, que solo era un virus, ¿qué ha hecho?

Lucy negó con la cabeza.

—¿Y crees que me escucha? No... —dijo la niña—. Aterrizó con su helicóptero en mitad de la hora del recreo, con todo el mundo mirando, y me sacó de allí después de cantarle las cuarenta al director. ¿Te imaginas?

Lucy se lo imaginaba muy bien.

—Ha debido de ser muy dramático.

—Fue terrible, y ahora dice que tengo que volver y solo quedan dos semanas para el final del trimestre.

—¿Y qué dice tu madre?

—Está muerta —la niña se calló y miró hacia un vehículo que se acercaba a ellas a toda velocidad. Después se detuvo a poca distancia.

«Debería habérmelo imaginado», pensó Lucy al reconocer la inconfundible silueta de Santiago Silva.

Él había visto el *quad* volcado desde lo alto de la colina, segundos antes de ver a Gabby. En ese tiempo había vivido la pesadilla que invadía sus sueños. Durante un instante incluso había sentido el peso muerto de su hija en los brazos, igual que había sentido el de la madre. Su deber había sido protegerla y había fracasado.

Después, la vio desde la distancia y su sentimiento de culpabilidad fue sustituido por el alivio. Aunque al instante, la rabia se apoderó de él, nada más identificar a la mujer rubia que estaba junto a su hija.

¡Debía de haberse imaginado que ella estaba implicada en aquello!

Se acercó a ellas con decisión. Al ver que la niña parecía asustada, Lucy le apretó el hombro para tranquilizarla. Tenía que habérselo imaginado cuando la pequeña había hablado del helicóptero, pero no lo había hecho. Por algún motivo, no se había imaginado que Santiago Silva estuviera casado, y mucho menos que fuera viudo, ¡o padre! Resultaba difícil pensar en él como alguna de esas cosas, igual que mantener la sonrisa mientras se acercaba.

Era un hombre que daba miedo, pero Lucy debía admitir que también ¡muy atractivo!

Él pasó a su lado y Lucy notó que la fulminaba con la mirada. Observó que al llegar junto a su hija, se agachaba para hablar con ella.

—Gabby, has... —sentía el deseo de estrangular a su hija, al mismo tiempo que deseaba darle un abrazo. Respiró hondo y le dijo—: ¿Te has hecho daño?

—Estoy bien, papá. Ella... —la niña miró a Lucy y sonrió—. Ella me ha ayudado.

—No mucho.

Sus miradas se encontraron durante un instante antes de que él se pusiera en pie.

—Papá...

—Espera en el coche, Gabriella.

Tras mirar a Lucy por última vez, la niña se dirigió al coche mirando al suelo.

Sin comprobar si su hija había obedecido, Santiago Silva comenzó a hablar por su teléfono móvil.

Lucy hablaba español lo suficientemente bien como para entender que estaba hablando con un médico y que le pedía que acudiera al castillo.

Podía ser un hombre terrible, pero también se notaba que era un padre dedicado.

—No se ha quedado inconsciente ni nada.

Santiago colgó el teléfono y se acercó a Lucy de dos zancadas.

—Cuando necesite tu opinión médica, te la pediré.

Y respecto a que mantengas contacto alguno con mi hija... –tragó saliva–, no intentes establecer ningún contacto con ella o te arrepentirás.

Resistiéndose a dar un paso atrás, Lucy alzó la barbilla y preguntó con frialdad:

–Entonces, ¿quiere que si alguna vez la vuelvo a encontrar debajo de un vehículo, me cruce al otro lado de la carretera, señor Silva? Puede que ese sea su estilo, pero no el mío.

–Conozco muy bien cuál es tu estilo y preferiría que los miembros de mi familia no se contaminaran con tu influencia tóxica... Y bueno, sí, intentaste ayudar a mi hija, así que al menos debo darte las gracias.

Era evidente que cada palabra de disculpa le resultaba dolorosa.

–¿No se le ha ocurrido pensar que su hija no tendría necesidad de romper las normas si no fuese tan duro con ella?

Él la miró con incredulidad.

–¿Me estás dando consejos acerca de la paternidad? ¿Cuántos hijos tiene, señorita Fitzgerald?

–Desde luego, ¡si tuviera uno me aseguraría de no estar tan ocupada como para no darme cuenta de que se ha marchado en un *quad*!

–Mantente alejada de mi familia o haré que desees no haber nacido –sentenció él, y sin esperar a que ella contestara, se volvió y se dirigió hacia el coche.

Cuando llegó a la finca, Lucy estaba tan enfadada que no dejaba de temblar.

–Lucy, cariño, ¿qué te pasa? ¿Qué ha ocurrido –Harriet miró a su exalumna con preocupación.

–Nada, estoy bien. No te levantes –añadió Lucy al ver que la mujer se esforzaba por levantarse de la silla–. Deberías haber descansado más rato. Ya sabes lo que dijo el médico acerca de que pusieras el pie en alto para evitar que se te hinchara otra vez.

Harriet se sentó de nuevo en la silla y dijo con frustración:

–Me quedaré aquí si me cuentas lo que ha pasado, Lucy.

Lucy dejó de pasear de un lado a otro y la miró antes de soltar una risita.

–¡El señor Engreído Pretencioso Silva está equivocado!

Harriet la miró confundida.

–¡Ramón! Si parece un chico muy dulce, quizá un poco engreído, pero... ¿Qué ha hecho? –nunca había visto a su alumna, a la que consideraba una de las mujeres más brillantes que conocía, perder la calma. Incluso cuando sufrió el acoso de la prensa, consiguió permanecer tranquila.

–¿Ramón...? –Lucy negó con impaciencia y continuó caminando de un lado a otro–. No es Ramón, es su hermano.

–¿Santiago? ¿Lo has conocido? ¿Está aquí?

Lucy esbozó una sonrisa.

–Oh, sí, he tenido el placer de encontrármelo dos veces –buscó el teléfono y marcó el número que había escrito en la libreta que estaba al lado del aparato–. ¿Ramón? –Lucy respiró hondo–. ¿Cenamos esta noche?

Cuando le contó a Harriet toda la historia, la mujer se mostró comprensiva, pero también excusó a Santiago Silva.

–Se ha equivocado al sacar conclusiones.

–El otro día prácticamente me llamó zorra, y ¡hoy se ha atrevido a amenazarme! –exclamó Lucy. Solo con pensar en él, le entraban ganas de romper cosas. Nadie había conseguido nunca ponerla tan nerviosa.

–¿Por qué no permites que le explique la situación, Lucy?

–¿Por qué debería darle una explicación? Es él el que está equivocado.

–Gabby es la luz de sus ojos y una niña muy obstinada. Él también es muy protector con su hermano pequeño. Tengo entendido que su padre murió cuando Ramón tan solo era un niño, y Santiago era muy joven cuando heredó la estancia. Tengo la sensación de que aprovechando la oportunidad, su madrastra intentó hacerse fuerte detrás del trono, y por lo que sé de ella, habría sido un desastre. Santiago tuvo que mostrar su autoridad desde el primer día. Eso no resulta fácil para un chico joven, y por eso quizá se volvió...

–¿Engreído? –sugirió Lucy con sarcasmo–. Ese hombre necesita aprender una lección –«y no que la gente lo excuse solo porque es rico y viva en una especie de castillo».

–¡Oh, cielos! Tendrás cuidado, ¿verdad, Lucy? He oído alguna noticia en la que se insinuaba que Santiago puede ser despiadado. No les di mucha credibilidad, ya que los hombres de éxito tienden a generar envidias y su reputación aquí es... Bueno, yo nunca he oído nada malo de él. Aunque teniendo en cuenta lo que tú me has contado...

Lucy sonrió y dijo:

–Estaré bien.

Capítulo 3

A PESAR de que había sido una buena modelo, Lucy nunca había estado obsesionada por la moda. Eso no significaba que no le gustara la ropa. Durante su estancia allí, la comodidad era su prioridad ¡y los tacones no eran útiles a la hora de limpiar establos! No obstante, de vez en cuando se cansaba de la ropa de trabajo y se ponía alguna prenda de las que solía utilizar en su vida habitual, aunque solo fuera para estar por su habitación.

A veces echaba de menos sentirse mujer.

Al sentir el tacto suave del vestido rojo de seda que llevaba, Lucy se pasó la mano por el vientre y se miró en el espejo. Tenía que admitir que la prenda resaltaba su figura y provocaba que su cintura pareciera estrecha y el resto de su cuerpo exuberante.

Cuando se movía, la tela se le pegaba a los muslos y el efecto era sexy y provocador, ¡algo apropiado cuando lo que pretendía era provocar! Le resultaba extraño sentirse invadida por la rabia, sobre todo después de haberse pasado los cuatro últimos años tratando de resultar desapercibida.

Cuando la imagen de Santiago Silva apareció en su cabeza, Lucy asintió mirándose al espejo. Su aspecto era exactamente el que deseaba. Y no era el momento de ponerse a dudar.

–Guau, estás... –Ramón tragó saliva– diferente.

Lucy arqueó una ceja y, tras cerrar la puerta, lo siguió por el jardín.

–¿Diferente para bien o diferente para mal? –bromeó.

Ramón se rio y abrió la puerta del coche.

–Sin duda, para bien, pero es una suerte que no tuvieras este aspecto el primer día que te vi.

–¿Por qué? –Lucy sentía curiosidad.

–Porque no me habría atrevido a acercarme a ti. Esta noche pareces una mujer fuera de mi alcance, Lucy.

–Sigo siendo la misma –comentó ella, sintiéndose incómoda.

Cuando llegaron a las puertas de la mansión de la familia Silva, Lucy sintió que la indignación que había sentido al principio del trayecto comenzaba a desaparecer para ser sustituida por un sentimiento de culpabilidad y de desasosiego.

¿Qué diablos estaba haciendo? ¡Aquello era una locura! Miró a Ramón y pensó: «No solo es una locura, sino algo cruel». Estaba tan decidida a darle una lección al hermano de Ramón que no se había parado a considerar las consecuencias de sus actos. Ni siquiera había pensado en el daño que podía causarle al hermano simpático.

Un fuerte sentimiento de vergüenza se apoderó de ella.

–No puedo hacerlo –murmuró mientras llevaba la mano al cinturón de seguridad–. ¡Para!

Ramón reaccionó al oír el grito y frenó en seco. Lucy, que se había soltado el cinturón, salió disparada contra el parabrisas.

—¡Madre mía! ¿Estás bien?

Lucy se frotó la cabeza y se apoyó en el respaldo del asiento.

—Estoy bien —dijo ella, intentando que él no se preocupara demasiado

—¿Qué ocurre? —preguntó Ramón al ver que estaba muy tensa—. Podía haber ido más despacio, solo tenías que preguntármelo —bromeó mientras bajaba la ventanilla—. Te has dado un buen golpe.

—No es nada.

—Entonces, aparte de mi forma de conducir, ¿qué problema tienes?

Lucy miró a Ramón y vio que tenía cara de preocupación. Sintiéndose más culpable que nunca, se mordió el labio inferior. Respiró hondo. No había forma de que pudiera seguir con aquella locura, así que era mejor que fuera sincera.

—No, no estoy bien. ¡Soy una auténtica bruja!

Ramón la miró sorprendido.

—Cuando te llamé no... Fue un error. Lo siento. Sé que te hice creer que... La verdad es que no estoy interesada en ti de esa manera...

—Ya me extrañaba... Entonces, ¿no te gusto?

Ella lo miró y negó con la cabeza.

—Lo siento de veras.

—¿Estás segura de que no te gusto?

Lucy soltó una risita.

—¡Por favor, no seas amable conmigo! Ya me siento bastante mal.

—Tranquila, sobreviviré. No es como si nunca me

hubieran rechazado antes.... –sonrió–. De hecho, nunca lo han hecho. Me pregunto por qué...

Ella negó con la cabeza.

–Entonces, ¿por qué me llamaste para decirme que habías cambiado de opinión?

–Estaba enfadada y quería castigar...

–¿A mí?

–No, por supuesto que no. Conocí a tu hermano y él me hizo perder la cabeza.

–¿Santiago te hizo perder la cabeza? –repitió Ramón asombrado.

Ramón vio rabia en su mirada antes de que ella inclinara la cabeza.

–Sí –su respuesta lo hizo sentir más curiosidad.

–¿Cuándo conociste a Santiago? ¿Qué hizo?

Lucy bajó la ventanilla y respiró hondo.

–Lo conocí ayer, y lo he visto esta mañana otra vez... –durante un segundo consideró la posibilidad de decirle la verdad, pero se echó atrás–. En realidad, no ha sido nada –admitió ella–. Ayer me reconoció. Tú no lo sabes, pero hace unos años yo...

–Ah, te refieres a lo del requerimiento judicial.

Lucy lo miró asombrada.

–¿Lo sabías?

Ramón, que se estaba ajustando la corbata en el espejo retrovisor, la miró sorprendido.

–Por supuesto que lo sé, Lucy.

–¿Y cómo?

Él le enseñó el teléfono móvil.

–Busqué tu nombre y, aunque en realidad estaba buscando tu edad por si... No es que tenga problemas con las mujeres mayores –añadió rápidamente–. De hecho, bueno, no importa. Te puedes imaginar la sorpresa que me llevé cuando no solo descubrí tu edad, sino todo lo demás.

–¡Oh! –dijo Lucy, sintiéndose idiota por no haber anticipado esa posibilidad. Era imposible mantener secretos cuando solo hacía falta escribir un nombre para que la vida de una persona apareciera en la pantalla.

–Así que todo esto –gesticuló con la mano refiriéndose al vestido de seda que ella se había puesto–, es para beneficio de Santiago, no para el mío.

–¡Por supuesto que no! Al menos, no visto de ese modo.

–¿Y qué ha hecho mi hermano mayor para hacerte enfadar tanto? ¿Te ha amenazado con detenerte por corromper a un menor? ¿Te ha ofrecido dinero a cambio de que te marches del país?

Lucy miró a otro lado rápidamente, pero Ramón llegó a ver su expresión.

–Lo ha hecho, ¿verdad? –preguntó muy serio–. ¿Santiago ha tratado de sobornarte?

–Más o menos... –admitió ella.

–No me lo puedo creer –dijo Ramón.

–Entiendo que tu hermano quería protegerte. Es normal –Lucy se detuvo un instante. «¿Y por qué estoy defendiendo a un hombre que, sin duda, es un controlador?», pensó.

–¿Me harías un favor, Lucy?

–Depende –contestó ella.

–Sigue adelante con tu plan de enseñarle a mi hermano una lección.

Por primera vez, Lucy oyó que Ramón hablaba con rabia, y supo que no iba dirigida contra ella, sino contra su hermano.

–Estoy segura de que él pensaba que estaba haciendo lo correcto.

–¿Todavía lo defiendes?

–No, por supuesto que no –contestó ella indignada–. Creo que tu hermano es el más... –se calló al ver la expresión de Ramón.

–Te ha molestado de veras, ¿no? –comentó él.

–Hace falta algo más que tu hermano para molestarme de verdad –contestó Lucy tratando de aparentar que el comentario le había hecho gracia.

–¿No negarás que necesita que le den una lección? ¿Por qué no le ofreces una noche inolvidable? Vas muy elegante y no tienes donde ir. Por favor... ¿Lo harías por mí? O, si no, ¿por venganza? Estoy harto de que Santiago siempre sepa lo que es mejor para mí. Por una vez me gustaría que me tratara como a un hombre. Sé que lo hace con buena intención, y sé que mi madre le da la lata y le echa la culpa cada vez que yo meto la pata, pero es humillante y...

–Quieres darle una lección.

Ramón asintió.

–Esta vez ha llegado demasiado lejos y ha involucrado a una amiga. ¿Qué hará la próxima vez? ¿Encerrarme en mi habitación? Por una vez me gustaría ser el que maneje la situación, para que sepa lo que se siente.

Lucy suspiró.

–Es probable que me arrepienta de esto...

–¡Oh, cielos! Es un castillo –Lucy permaneció boquiabierta en su asiento mientras Ramón la esperaba con la puerta abierta–. ¡Y es enorme! ¿Esa torre es morisca?

–Creo que... sí, es grande –convino él.

Ella negó con la cabeza.

–No puedo hacer esto.

Ramón la agarró del brazo y tiró de ella para que saliera del coche.

–No, ahora no vas a echarte atrás. Recuerda que fue idea tuya.

Él tiró de ella con tanta fuerza que la hizo tambalearse.

–¡Una idea terrible! –murmuró ella junto a su oreja, provocando que Ramón se riera.

–¿No vas a presentarme a tu invitada?

Al oír aquella voz, Lucy sintió que se le erizaba el vello de la nuca. Ramón tenía la mano apoyada en su espalda, y eso evitó que se alejara de él de golpe.

–Por supuesto.

Ramón retiró la mano de su espalda, pero la agarró de la mano.

Lucy respiró hondo y dijo:

–Buenas noches –se volvió justo en el momento en que Santiago Silva aparecía entre las sombras.

Ella intentó disimular que se le había acelerado el corazón al verlo, aunque estaba segura de que él estaría acostumbrado a que las mujeres lo miraran boquiabiertas.

Era un hombre muy atractivo.

Lucy se esforzó por no mirarlo, pero no lo consiguió. El hombre iba vestido con un traje oscuro y una camisa blanca con el cuello abierto. Inclinó la cabeza a modo de saludo, pero el gesto no sirvió para disimular el brillo depredador que había en su mirada.

Lucy se humedeció los labios, tratando de calmar el nerviosismo que la invadía por dentro.

Él se fijó en sus labios.

Lucy tragó saliva. Harriet le había advertido que Santiago no era un hombre con el que se pudiera jugar, y ella estaba jugando con él. ¿Estaría loca? ¡Sin duda!

Santiago notó que la rabia le invadía por dentro al ver a Lucy, pero se negó a reconocer que la emoción que la acompañaba eran los celos.

No sentía celos de su hermano. ¡Estaba furioso con él! Furioso por que Ramón pudiera ser tan estúpido, le frustraba que no pudiera pensar con algo diferente a su entrepierna, que no pudiera ver más allá de la despampanante mujer que había tenido entre sus brazos.

Él, sin embargo, era capaz de pensar más allá de su erección. Aquella mujer era la personificación del pecado y él no pudo evitar mirarla de arriba abajo, fijándose en cada curva de su cuerpo.

–Lucy, este es Santiago, mi hermano mayor... Santiago, esta es Lucy.

Ramón le dio una palmada en el trasero, algo de lo que ella se habría quejado en circunstancias normales, pero de pronto se encontró caminando hacia Santiago.

Forzó una sonrisa y lo saludó, ignorando la vocecita interior que le decía que saliera corriendo en la dirección opuesta.

Santiago se inclinó hacia ella y le dio un beso en la mejilla. Ella se puso tensa y suspiró.

Al notar que ella se había estremecido, él sonrió y dijo en voz baja:

–Buen trabajo. Aunque a lo mejor quieres replantearte lo del vestido... es un poco evidente... Sin embargo, el tono de voz sexy... me gusta.

–¿Qué? ¿Sexy? No estaba...

Ella se calló al recordar que tenía que representar el papel de cortesana cruel y puso una amplia sonrisa.

–En mi experiencia...

–Amplia, sin duda –Santiago inhaló su aroma.

–No tienes ni idea. En mi experiencia, no hay nada demasiado evidente cuando a los hombres se refiere, y, si eso te ha parecido sexy... espera y aprende...

Alzó la barbilla e ignoró la voz que le decía que estaba jugando con fuego.

Santiago la agarró del codo con fuerza y la guio hasta las escaleras que llevaban hasta el pórtico de entrada. Ramón los acompañó.

Lucy sentía que, en lugar de guiarla, Santiago la llevaba a la fuerza. Se levantó un poco la falda del vestido y subió el primer escalón.

«Nunca es demasiado tarde para salir corriendo».

Capítulo 4

S E ABRIÓ la puerta y apareció una persona en lo alto de la escalera. Por un momento, Lucy pensó que era una niña, pero, cuando avanzó unos pasos y la luz de un foco la iluminó, Lucy se percató de que era una mujer joven.

Era delgada y menuda, y el jersey de seda negro que llevaba disimulaba las curvas de su cuerpo.

–¡Carmella! –exclamó Ramón al verla, y adelantó a Lucy.

Mientras observaba cómo se abrazaban, Lucy era muy consciente de que Santiago no dejaba de mirarla como si fuera un depredador. Ella trató de mantener una expresión neutral y de analizar la situación de manera objetiva. Algo difícil cuando tenía al lado a un hombre que provocaba que todo su cuerpo reaccionara ante él.

Presuntamente, la mujer de ojos oscuros y cuerpo esbelto había sido invitada para hacerle la competencia. Entre ellas había mucho contraste, entre otras cosas, porque la joven llevaba zapatos de piel planos y Lucy zapatos de tacón de aguja.

Cuando se acercó a ella, Lucy se sintió grande a su lado.

–Lucy, esta es Carmella –dijo Ramón cuando terminó de abrazarla–. Es como la hermana pequeña que nunca tuve. ¿Qué estás haciendo aquí, Melly?

La chica miró a Santiago, y él dijo tranquilamente:

–¿Ha de haber algún motivo?

Al notar que la tenía agarrada del codo, Lucy decidió llevar a cabo el plan que había ensayado mentalmente. Le salió perfecto.

–Oh, lo siento –miró al hombre al que acababa de pisar con su tacón de aguja. El pisotón debió de ser doloroso, pero Santiago no hizo más que una leve mueca de dolor.

Aceptó su disculpa con una ligera inclinación de cabeza y con una sonrisa que contenía la promesa de un posible castigo.

–Soy tan patosa... –comentó Lucy mirando al suelo.

«¡Patosa!» Santiago tuvo que contener una carcajada. La última palabra que alguien emplearía para describir a aquella mujer sería «patosa». Todos sus movimientos eran elegantes y seductores. Quizá ella representara todo lo que él odiaba y despreciaba, pero incluso con el contoneo excesivo de su cuerpo, era la personificación de la elegancia.

Con un gran esfuerzo, Lucy consiguió liberarse de su mirada cautivadora y se volvió sonriendo hacia la chica, consciente de la excitación que albergaba en el cuerpo.

–Hola, Carmella –por la manera en que la chica miraba a Ramón, resultaba poco creíble que ella lo considerara como un hermano. Pobre chica, era evidente que estaba loca por Ramón, y aunque seguro que Santiago lo sabía, no le había impedido emplearla como distracción. Estaba claro que no le importaba herir los sentimientos de los demás mientras él pudiera conseguir lo que deseaba. Al pensar en la cantidad de víctimas que debía de haber dejado a su paso, Lucy sintió que le hervía la sangre.

Ramón tenía razón: había llegado el momento de que alguien le diera un poco de su propia medicina.

—Carmella es bailarina de ballet —dijo Ramón.

—Actúo en la última fila del cuerpo de baile —apuntó la chica, avergonzada por el elogio.

Habían atravesado un gran pasillo. Aquel lugar no era nada acogedor, pero sí resultaba impresionante. En otras circunstancias, Lucy habría hecho cientos de preguntas sobre la historia de aquel fantástico edificio.

—Qué interesante —dijo ella con sinceridad.

Santiago, que estaba hablando con un hombre de traje oscuro que había aparecido de pronto, murmuró:

—Gracias, Josef —se volvió hacia ellos y añadió—: Al parecer, nuestra cena está lista. ¿Y tú a qué te dedicas, Lucy?

A Lucy la pregunta la pilló desprevenida. Tardó un instante en recuperar la compostura y tuvo que contenerse para no decir: «Vivo de hombres influenciables». No estaba segura de cómo consiguió suprimir las palabras que se agolpaban en la punta de su lengua.

—Me las arreglo para mantenerme ocupada.

—¿Y te alojas en el hotel? Me encanta el balneario que tienen allí —comentó Carmella.

—¿No es allí donde sueles llevar a tus citas, Ramón? —bromeó Lucy, olvidándose de su papel por un instante—. En realidad, estoy en casa de una amiga —se calló cuando entraron en el comedor.

La habitación era enorme y estaba llena de tapices en las paredes. Sobre la mesa había candelabros de plata y cristal con sus velas encendidas, pero haría falta un megáfono para poder hablar con la persona que se sentara en el otro extremo de la mesa.

—Qué acogedor —murmuró ella con sarcasmo.

—¿Una amiga? —preguntó Santiago mirando a su hermano. Sacó una silla para que Lucy se sentara, asegurándose de que estuviera a bastante distancia de Ramón. Claro que no se habría sorprendido si la mujer se hubiera deslizado por la mesa para cazar a su presa.

De pronto, se la imaginó tumbada sobre la mesa con el vestido rojo levantado y dejando al descubierto sus largas piernas. Consiguió detener su mente antes de que avanzara en esa dirección, pero no antes de que su temperatura corporal hubiera aumentado varios grados.

—¿Qué amiga? —preguntó, al ver que todos lo miraban.

—Harriet Harris —contestó Ramón.

Santiago miró a Lucy con escepticismo.

—¿La profesora de Cambridge?

—Eso es —dijo ella.

—¿Y de qué conoces a Harriet Harris?

—Fue mi tutora cuando estudiaba en Cambridge.

—¿Tú estudiaste en Cambridge?

Ella asintió.

—¿Y te graduaste?

En ese momento, Ramón la salvó de que su hermano continuara con el interrogatorio.

—Ha venido al rescate para ayudar a Harriet.

—Una vez más al rescate —masculló Santiago mirando a su hermano–. ¿Y Harriet por qué necesita que la rescaten? –la mujer inglesa se había mudado dos años antes al pueblo y, en un principio, los vecinos habían mostrado recelo hacia ella. La consideraban una excéntrica por llevar el pelo de colores y por su devoción por los burros. Aun así, ella había conseguido integrarse en la comunidad e incluso había aprendido a hablar español.

–Se ha roto una pierna.

–¡Cielos! –exclamó él con preocupación–. ¿Y por qué yo no me he enterado?

Sin duda, era un gran controlador.

–¿Por qué Antón no me ha informado?

Lucy no sabía quién era Antón, pero el hombre le daba pena. Trabajar para Santiago Silva sería como trabajar para un señor feudal.

–¿Está en el hospital?

Santiago tenía un encargado que se ocupaba de los asuntos diarios de la finca, pero él conocía a todos los arrendatarios y se interesaba personalmente por la gente del pueblo, igual que había hecho su padre. Se tomaba muy en serio la responsabilidad que conllevaba su posición, y sacaba mucho provecho de ello.

En las finanzas era muy fácil olvidarse de la parte humana del trabajo, pero ahí él veía de primera mano cómo afectaban las decisiones que tomaba la junta directiva a la vida de la gente.

Santiago siempre había tenido un gran sentido del deber, y aun así, el principio no había sido fácil. Todavía estaba llorando la muerte de su padre cuando tuvo que ocupar su lugar. Entonces, vivía con Magdalena en la ciudad y le pareció que lo normal era pedirle que se mudara con él al castillo. Él no había anticipado que ella pudiera tomarse la propuesta como una proposición de matrimonio, pero después de la sorpresa inicial pensó «¿y por qué no?»

Tarde o temprano iba a suceder. Después, se dio cuenta de que quizá no habría sucedido, que si las cosas hubiesen sido de otra manera se habrían separado.

—Solo ha estado un día. Ahora está en casa. Y no culpes a Antón por marcharse a la boda de su primo, creo que yo le dije que te lo contaría cuando regresaras —admitió Ramón con una media sonrisa.

—¿Crees?

—Está bien, le dije que lo haría, pero no ha ocurrido nada —añadió—. Lucy va a ayudar a Harriet hasta que vuelva a ponerse en pie.

Santiago miró a su hermano y después a la mujer que estaba sentada a su izquierda. ¿Estaría bromeando? ¿De verdad pensaba Ramón que aquella mujer podría hacer algo que dañara su esmalte de uñas?

Automáticamente, se fijó en la mano con la que ella sujetaba la copa. Tenía los dedos largos y finos, pero llevaba las uñas muy cortas y sin pintar. Santiago negó con la cabeza e ignoró la incongruencia. Las uñas cortas no la hacían más competente en lo que se refería al trabajo manual, y los burros eran bonitos, pero necesitaban mucho mantenimiento.

—No puede estar en mejores manos —continuó Ramón.

Al oír esas palabras, Santiago se imaginó a su hermanastro disfrutando de las caricias de aquellas manos, excepto que no era a su hermano al que se imaginaba... Santiago se puso tenso.

—Dudo de veras que la señorita Fitzgerald...

—Oh, eso es demasiado formal. Por favor, llámame Lucy —dijo ella con una falsa sonrisa.

Santiago, a quien se le ocurrían varios nombres para llamarla, sonrió.

Cuando sus miradas se encontraron, Lucy decidió que no sería la primera en mirar a otro lado. El esfuerzo que le supuso llevar a cabo aquella prueba de resistencia provocó que se le humedeciera la piel. En la distancia oía las voces y las risas de Carmella y de Ramón, pero el ruido era menor que el del latido de su corazón.

Se oyó como a Ramón se le caía un vaso al suelo y el ruido del cristal hizo que el reto terminara. Era difícil asegurar quién había apartado primero la mirada, pero a Lucy lo único que le importaba era que se hubiera terminado la tensión. Suspiró y cerró los ojos un instante.

—Hablad en inglés... —oyó que Santiago le reprochaba a la pareja cuando esta intercambiaba comentarios en español—. Lucy puede sentirse excluida.

—No importa. Necesito practicar —dijo Lucy, en español.

—¿Hablas español? —preguntó Santiago, mirándola como enfadado.

—Un poco —contestó ella en inglés.

—Más que un poco. También habla francés, italiano, alemán y... ¿gaélico? —comentó Ramón desde el otro lado de la mesa.

Lucy asintió, impresionada por que él se acordara.

—No solo tiene un rostro bonito y un cuerpo perfecto... —añadió fijándose en sus pechos—. También tiene cerebro... ¿A que las elijo bien?

Sonrió a su hermano y se levantó de la silla para

que pudiera pasar la doncella que había ido a limpiar los cristales.

–Una políglota.

–Mi familia es muy cosmopolita. Aunque Ramón está siendo muy amable conmigo. Mi español es muy básico –admitió Lucy, olvidándose de que su papel no le permitía mostrarse como era–. Espero mejorar mi vocabulario durante mi estancia –dijo con voz sexy, retomando su papel y mirando a Ramón mientras pestañeaba–. Y Ramón es muy buen profesor.

Santiago notó que se incendiaba por dentro al oír su voz sensual.

–Tú también, querida –comentó Ramón, y, sin dejar de mirarle el pecho, añadió–: Estoy aprendiendo mucho de ti.

Durante un instante, Lucy estuvo a punto de salirse del papel. Se mordió el labio inferior y bajó la vista para ocultar el brillo de diversión que tenía su mirada. Ramón estaba representando su papel de manera demasiado entusiasta. Si no tenía cuidado, su hermano empezaría a sospechar. Y dudaba que fuera capaz de ver la parte divertida.

Si era que la había.

Agarró su copa de vino y se bebió todo el contenido. Si se sonrojaba podría echarle la culpa a los efectos del alcohol.

–Es un placer enseñar a un alumno dispuesto a aprender.

Preocupada por si aquello también había sido excesivo, Lucy miró de reojo al hombre que estaba a su lado. Santiago parecía un volcán a punto de estallar. No debería haberse preocupado, parecía demasiado contento de creer que ella era una auténtica zorra.

—¿Tienes mucha familia, Lucy?

Lucy sonrió. Carmella parecía no percatarse de la tensión que había en la mesa.

—Mucha. Tengo nueve hermanos. Mi padre tuvo tres esposas —su madre había sido la última.

—Supongo que no todas a la vez.

Lucy apretó los dientes. Santiago era el hombre más engreído que había conocido nunca. Ella no permitiría que insultara a su familia, y menos cuando su familia siempre había estado dispuesta a ayudarla cuando lo había necesitado.

Era cierto que Lucy había tenido algunas diferencias con su padre y que después de una gran discusión ella se marchó de casa en lugar de continuar con el camino que él había elegido para ella.

Dispuesta a demostrarle que podía mantenerse sola, Lucy comenzó a trabajar como modelo con la intención de poder pagarse los estudios. Nunca se imaginó que tendría el éxito que tuvo, y aunque nunca le había gustado el mundo que rodeaba a las modelos, sí había disfrutado de la libertad que el dinero que ganaba le proporcionaba.

Y todavía lo hacía. Su padre había tenido razón en una cosa, ella había heredado su visión financiera, y las inversiones que había hecho habían conseguido capear la crisis y le habían permitido vivir bien con los ingresos que generaban.

Lo importante era que cuando Lucy lo había necesitado él había estado a su lado, igual que toda la familia, y ella no estaba dispuesta a permitir que aquel hombre los mirara con desprecio.

—¿Y compartes la actitud de tu padre hacia el matrimonio?

–Según mi madre, soy muy parecida a él –se encogió de hombros y, olvidando por un momento su papel de mujer seductora, añadió–: Yo no me doy cuenta, pero espero haber heredado los valores de ambos.

–Estoy seguro de que ambos se sienten orgullosos de ti –contestó él con sarcasmo.

Era evidente que Lucy Fitzgerald era mucho más de lo que parecía. Santiago había confiado tanto en que le resultaría fácil apartarla de la vida de Ramón que ni siquiera se había molestado en dedicar cinco minutos a investigar los detalles del escándalo. Un gran error. El error radicaba en que había tratado el problema de manera distinta a aquellos con los que se había encontrado en su trabajo, había cometido el error de permitir que se convirtiera en algo personal.

Si ella tenía alguna debilidad aparte de la codicia, él las descubriría, aunque por supuesto era inevitable que la codicia fuera el motivo de su perdición.

De pronto, vio en su mente el titular de una foto en la que ella aparecía cubriéndose los ojos de los flashes mientras un hombre la ayudaba a subirse a una limusina negra, y experimentó un momento de victoria.

–¡Tu padre es Patrick Fitzgerald!

La acusación llamó la atención de Ramón, que se olvidó del papel que debía representar y miró a su hermano.

–¿No lo sabías? –sonrió–. Creía que lo sabías todo.

–¿Quién es Patrick Fitzgerald? –preguntó Carmella.

Ramón se rio.

–Melly no lee libros, ¿verdad, ángel? Solo revistas del corazón.

La chica le dio una patada por debajo de la mesa y él se rio, quitándole el plato del pan.

–Cuidado, puede que ganes peso solo con mirarlo. Ahora en serio, el padre de Lucy estaba metido en varios asuntos, de hecho, era una especie de leyenda, pero también el editor más poderoso del planeta... Él era... –miró hacia Lucy.

–Mi padre falleció el año pasado –le explicó Lucy a Carmella–. Llevaba retirado algún tiempo.

Santiago continuó molesto consigo mismo por no haberla relacionado con aquel hombre. Él no lo había conocido, pero Ramón tenía razón, en el círculo financiero había sido una leyenda, un hombre que había fundado una editorial, que la había convertido en la más grande y exitosa del mundo y que todavía se mantenía en manos de la misma familia.

De pronto, sintió una simpatía inesperada hacia Fitzgerald, conocido por tratar de mantener su privacidad a toda costa. Debió de suponerle un infierno ver a su hija públicamente humillada y saber que sus más sórdidos secretos habían quedado expuestos ante todo el mundo. Por supuesto, como siempre, era culpa de los padres, una premisa universal de la que todos los padres eran conscientes.

Santiago había perdido la cuenta de las noches que había pasado sin dormir sopesando las decisiones que debía tomar acerca de Gabriella, y su hija ni siquiera había entrado en la adolescencia. Siendo un hombre que podía permitirse mimar a su hija, Santiago conocía muy bien los inconvenientes con los que se encontraba un padre que no quería que el amor que sentía hacia su hija la echara a perder.

Si se podía juzgar a partir del resultado, Patrick

Fitzgerald se había encontrado con todos los inconvenientes posibles. Si el hombre no hubiera fallecido quizá lo habría llamado para preguntarle cómo había criado a su hija y así poder hacer justo lo contrario.

No sabía qué era lo que motivaba a una mujer como Lucy Fitzgerald, pero al parecer no era el dinero. Santiago la miró justo en el momento en que la doncella pasaba a su lado con el recogedor y la escoba.

—Oh, lo siento de veras... su precioso vestido. Yo...

Lucy miró la mancha de sangre que le había caído en el vestido y se puso en pie.

—Olvídese del vestido... ¡Su mano! —le quitó el recogedor de la mano y lo dejó sobre la silla para mirarle el corte de la mano—. Pobrecita —agarró una servilleta limpia de la mesa y le cubrió el corte presionándoselo.

—No, señorita, estoy bien. Soy una torpe.

—No estás bien...

Santiago vio que Lucy lo miraba de forma acusadora.

—Debe de haberle dolido mucho y ni siquiera se ha quejado —decidió que el silencio de la chica era un síntoma del ambiente opresivo que tenía en su trabajo.

Se volvió hacia la chica y le dijo:

—Mira... Lo siento, no sé cómo te llamas.

—Sabina.

—Bueno, Sabina, creo que debes limpiarte esa mano. Es posible que tengas alguna esquirla de cristal y has de curártela.

La chica la miró confusa y Lucy se volvió hacia sus compañeros de cena con nerviosismo.

—¿Alguien me puede ayudar? —preguntó en español.

Fue Santiago el que primero reaccionó. Se acercó a la doncella y habló con ella en español.

Lucy escuchó atenta, incapaz de seguir el flujo de palabras, pero observando que él se dirigía a la chica con amabilidad.

La chica sonrió y, entonces, Ramón dijo algo que la hizo reír.

Lucy todavía estaba sujetándole la servilleta contra la herida, pero la chica miraba a Santiago con devoción. Lucy se mordió el labio inferior y miró a otro lado. «¿Seré la única persona del mundo que lo ve tal y como es?».

–Ya puede soltarla, señorita Fitzgerald.

Lucy se sobresaltó al oír la voz de Santiago.

–Josef se ocupará de ella a partir de ahora.

–¿Qué? Ah, sí, claro –retiró la mano–. Has de mantenerla presionada.

–Josef es más que capaz, señorita Fitzgerald –dijo Santiago.

Miró a la chica y se despidió de ella antes de que Josef la acompañara fuera de la habitación.

–¿A lo mejor le gustaría limpiarse, señorita Fitzgerald?

Lucy miró hacia el suelo para ocultar que se había sonrojado al ver que él posaba la mirada directamente sobre las manchas de sangre que le habían caído en el pecho.

–Y, por supuesto, no dudes en mandarme la factura de la tintorería.

Una vez más, Lucy le había sorprendido. Le habían estropeado un vestido carísimo y ni siquiera se había enfadado. Además, su cara de preocupación parecía real.

Quizá no fuera tan mala, pero no era asunto suyo que consiguiera el perdón. Lo que tenía que hacer era salvar a su hermano.

–Puedo pagar mis gastos –dijo Lucy, al percibir cierto tono de desdén–. ¿De verdad crees que me importa el vestido? Yo... –se calló, horrorizándose al ver que las lágrimas asomaban a sus ojos–. ¡Iré a lavarme! –declaró, y salió corriendo del comedor.

Capítulo 5

UNA vez fuera del comedor, Lucy le preguntó dónde estaba el baño a un empleado que encontró en el pasillo.

Permaneció con las manos bajo el agua corriente, esperando que se le pasaran las ganas de llorar.

Cuando comenzó a sentirse un poco mejor, se miró en el espejo y vio que estaba pálida. Ni siquiera tenía su bolso para poder retocarse el maquillaje.

Suspiró y comenzó a frotar las marcas de sangre del vestido. Después, permaneció un rato apoyada en la pared. No quería salir de allí. No tenía ni idea de por qué había reaccionado como lo había hecho.

«¿Qué te pasa, Lucy? Tenías que hacerle creer que te preocupaban más los vestidos que las personas, entonces, ¿por qué has reaccionado de esa manera?».

No tenía ni idea de cuánto tiempo había pasado en el baño cuando oyó que llamaban a la puerta.

–Lucy, solo quiero saber si estás bien.

Lucy enderezó la espalda, respiró hondo y abrió la puerta. Ramón, que estaba justo detrás, dio un paso atrás.

–Estoy bien –dijo ella, forzando una sonrisa–. Lo siento, pero es que nunca me gustó la sangre –hizo una pausa y negó con la cabeza–. No me molesta la sangre, Ramón, pero tu hermano sí. No puedo hacer esto... Con el paso del tiempo me he forjado una coraza, pero él consigue... Estoy cansada de que me juzgue –terminó con un suspiro.

Ramón negó con la cabeza y la abrazó con fuerza.

–No, es culpa mía. No debería haberte pedido que hicieras esto. Es mi problema, no el tuyo. Y, si te soy sincero, no esperaba que Santiago fuera tan... –le acarició los brazos.

Lucy se encogió de hombros.

–¿Pensabas que lo soportaría? Yo también –admitió–. En realidad, no me importa lo que tu hermano piense de mí –le aseguró–. He dejado de divertirme cuando comenzó a hacer comentarios sarcásticos sobre mi familia.

–Lo comprendo – dijo Ramón, y estiró el brazo para acariciarle el rostro.

Santiago permaneció en la galería de los juglares mirando a la pareja que estaba en el piso de abajo. Cada vez estaba más tenso. Los oía susurrar, pero no era capaz de escuchar sus palabras. Aunque no hacían falta palabras para ver que mantenían una relación íntima.

Cuando su hermano le acarició el rostro a Lucy de forma cariñosa, él se dio la vuelta y notó como si alguien le hubiera dado una patada en el estómago.

–Intentaré continuar con mi papel –le prometió Lucy a Ramón–, pero después de esta noche, se acabó.

Lucy regresó al comedor con cierto nerviosismo, pero el resto de la noche transcurrió relativamente en calma. Santiago no parecía dispuesto a dar mucha conversación y únicamente le hizo algunos comentarios a Carmella.

Lucy se pasó toda la cena consciente de que él no dejaba de mirarla y esperando a que saltara en cualquier momento. Estaba tan tensa que le dolía todo el cuerpo.

Y por supuesto hizo lo que solía hacer cuando estaba muy nerviosa, hablar sin parar hasta que su propia voz empezaba a darle dolor de cabeza. Después no era capaz de recordar de qué había estado hablando, pero quizá fuera mejor así.

Santiago se disculpó antes de que sirvieran el café y Lucy aprovechó su ausencia para marcharse rápidamente. Fuera hacía una noche preciosa. Lucy respiró hondo para tomar aire puro, aliviada de que la dura experiencia hubiera terminado.

Se percató de que Ramón estaba hablando con el hombre que había salido de la casa, pero tratar de comprender lo que decía le suponía demasiado esfuerzo.

Intentaba no pensar en nada más aparte de que estaba escapando de aquel lugar y de aquel hombre odioso. Deseaba olvidar aquella noche para siempre.

Lo haría. Al día siguiente, continuaría haciendo lo que había ido a hacer allí. Ni siquiera sabía por qué se había implicado en aquello. La habían ofendido en otras ocasiones, pero nunca se había rebajado al nivel de su ofensor.

En cualquier caso, aquella batalla no era la suya, sino la de Ramón. Si tenía problemas con su hermano, debía solucionarlos él mismo.

—Espera en el coche.

Lucy extendió la mano para agarrar las llaves que Ramón le lanzó.

–¿Qué ocurre?

–Hay una llamada urgente y Santiago no está por ningún sitio. Nadie lo encuentra. Regresaré enseguida –prometió Ramón, siguiendo al mayordomo al interior.

«Nadie lo encuentra», pensó ella mirando al edificio. Al ver las ventanas iluminadas se le ocurrió que él podría estar observándola.

–Estás paranoica, Lucy.

Se estremeció y trató de convencerse de que era a causa del frío de la noche. A pesar de todo, hizo caso omiso de la sugerencia de Ramón y no buscó refugio en el coche. Atravesó el césped y descubrió un riachuelo con un puente de madera. Inclinándose sobre la barandilla, observó cómo la corriente se llevaba una hoja, mientras pensaba que, posiblemente, aquella había sido la peor noche de su vida.

Por suerte, todo había terminado y, si alguna vez volvía a encontrarse con Santiago Silva, se marcharía en dirección opuesta.

Santiago, que la había seguido al salir de la casa, la observó unos instantes.

–Si piensas saltar, no esperes que me tire a salvarte.

Lucy se sobresaltó y dio un paso atrás. Santiago tenía un aspecto peligroso y malhumorado, pero estaba muy atractivo a la luz de la luna.

Ella respiró hondo y alzó la barbilla cuando lo vio acercarse al puente.

–Tranquilo, no necesito que me salven. No estoy buscando a un príncipe azul.

–No era un ofrecimiento.

—Resulta que nado como un pez.

—Mejor, teniendo en cuenta tu afinidad con el agua... No hago más que encontrarte metida en ella.

Lucy estiró la pierna y le mostró un zapato seco, pero ligeramente manchado de barro.

—No estaba dentro, pero soy piscis, así que puede ser. Desde luego, no iba a saltar.

—¿No?

—Pareces decepcionado.

Él sonrió y la miró de arriba abajo. Lucy se disgustó consigo misma por ser incapaz de controlar la oleada de calor que la invadía por dentro. Bastaba con que ese hombre la mirara para que empezara a comportarse como una adolescente.

—¿Si te tiro al agua te saldrá una cola y te alejarás nadando? —con aquel vestido parecía una sirena capaz de hechizar a los hombres.

Y su objetivo era Ramón. Quizá la vida de su hermano no corriera peligro, pero sí su corazón, y él haría todo lo posible para salvar a Ramón de las garras de aquella mujer.

Si el dinero no era suficiente aliciente, tendría que pensar en algo que lo fuera, y, si tenía que emplearse a sí mismo como cebo, estaba dispuesto a hacerlo.

«Eres un santo, Santiago», oyó un comentario irónico en su cabeza.

Lucy respiró hondo y enderezó la espalda. Era fascinante que un hombre tan grande como él pudiera avanzar en silencio, como si fuera un gato salvaje acorralando a su presa.

Santiago avanzó unos pasos y se agarró a la barandilla. Lucy retiró la mano hacia un lado.

—¿Te pongo nerviosa, Lucy? —preguntó él.

–Te gustaría que fuera así, ¿verdad?

Cuando él esbozó una sonrisa, Lucy notó que se le aceleraba el corazón. Lo odiaba más que nunca. Era extraño, porque nunca había sentido tanta hostilidad hacia nadie, ni siquiera hacia Denis Mulville, que había conseguido que llegara a sentir odio de verdad.

–¿Siempre vas al acecho de esta manera?

–No voy al acecho. Acostumbro a pasear antes de irme a dormir.

–Entonces, no permitas que yo estropee tus planes.

–¿Los del paseo o los de irme a la cama?

–Me has seguido, ¿verdad? Lo tenías planeado...

–Eres muy lista –comentó él–. Te advertí lo que sucedería si te acercabas a mi familia.

–¿Cómo está Gabby?

–Ha vuelto al colegio –Gabby había asumido que regresar al colegio un día antes era parte de su castigo, y Santiago no se lo había desmentido. Al menos, ella estaría a salvo y fuera del alcance de aquella mujer, aunque dudaba que a su hija la inquietara tanto como a él el perfume de aquella mujer.

«Santiago, estás tan inquieto que no eres capaz de pensar con otra cosa que no sea tu entrepierna. Admítelo, la deseas tanto que hasta puedes imaginarte su sabor».

–Lucy ha cambiado de opinión y ¡viene a cenar! –le había dicho su hermano cuando él regresó a casa por la mañana. Era evidente que Lucy Fitzgerald había hecho caso omiso de sus amenazas.

–Pensé que podríamos tener una pequeña conversación...

–No tenemos nada de qué hablar y, para tu información, no me gusta que jueguen conmigo. ¿Cómo sabías....? –se calló de pronto, sintiéndose estúpida–. No hubo ninguna llamada importante, ¿verdad?

–Claro que la hubo, y supongo que llevaría unos treinta minutos.

–¿Lo supones o lo sabes?

–¿Qué te pasa, Lucy? ¿Tú puedes decir lo que quieras, pero no se te puede decir nada?

–¿Decir lo que quiera? No sé a qué te refieres –comentó ella. «Lo sabe...», pensó aliviada al darse cuenta de que él se había percatado de su intención.

De pronto, se sintió culpable y pensó en Ramón, no podía imaginarse que a su hermano pudiera parecerle gracioso todo aquello.

–¿Debo suponer que la actuación de esta noche ha sido en mi beneficio? –al recordar cómo le había acariciado el brazo a su hermano, comentó–: ¿Alguna vez has oído hablar de la sutileza?

Lucy levantó el rostro al ver desdén y rabia en su expresión.

–Supongo que todo esto lo has hecho para doblar el precio.

Ella lo miró asombrada... No se había enterado...

–Dinero... ese otro idioma que hablas con fluidez.

Al ver que él la miraba con tanto odio, a Lucy se le ocurrió que quizá había representado demasiado bien su papel.

–¿Y ha funcionado? –preguntó ella.

–No, no hay dinero extra sobre la mesa... no hay dinero.

Ella frunció los labios y dio un paso hacia él con una sonrisa.

–Una lástima... De todos modos, la satisfacción de un trabajo bien hecho es una recompensa en sí misma.

–No sé si te volviste venenosa por una mala experiencia o si naciste así. Si te soy sincero, no me interesa si es algo innato o adquirido.

–Puedo soportar todo lo que me digas –declaró Lucy, pensando que ojalá no se arrepintiera de sus palabras.

–Ya lo veremos, ¿no crees?

Lucy le sostuvo la mirada. Sus ojos negros tenían una cualidad hipnótica.

El ambiente se llenó de tensión. Lucy tragó saliva para deshacer el nudo que tenía en la garganta. Era consciente de que cualquier cosa que dijera podría ser utilizada para retarla, y él era un hombre incapaz de resistirse a cualquier oportunidad de mostrarse superior. Era patético, aunque aquella palabra era la más inadecuada para describir al hombre que tenía delante. Era un hombre del que emanaba pura masculinidad. Había algo primitivo en él que hacía que su corazón se detuviera un instante, que se le secara la boca y que le flaquearan las piernas.

También le sucedían muchas otras cosas en las que ni siquiera quería pensar en esos momentos. «Respira hondo, Lucy... respira hondo».

Santiago la miró fijamente a los ojos y se fijó en cómo variaba el color de su piel. Su tez pálida lo fascinaba, y deseaba acariciársela para ver si era tan suave como parecía. Lo había deseado desde el primer día en que la vio, y ella lo sabía.

Jamás en su vida había deseado tanto a una mujer. Deseaba besarla... Tanto que le costaba mantener el control.

Lucy respiró hondo y dijo:

–Eres muy manipulador...

Santiago se acercó a ella y colocó su dedo índice cerca de sus labios.

–Piénsalo bien antes de continuar, Lucy. No soy mi hermano y no tengo la costumbre de poner la otra mejilla.

Ella le retiró la mano y dio un paso atrás. El corazón le latía con tanta fuerza que el simple hecho de respirar le costaba un gran esfuerzo... Inhaló y percibió el aroma masculino que desprendía su piel.

Santiago se rio. El sonido de su risa también era atractivo, de hecho, todo en él era atractivo menos su personalidad.

Al verla estremecerse, Santiago frunció el ceño y dijo:

–Tienes frío.

Fingía muy bien, pero Lucy reconoció que lo único que pretendía era calmarla. Sabía que no era el tipo de mujer que provocaba que a los hombres les aflorara el instinto protector. No era pequeña ni delicada, pero no le importaba. Nunca había envidiado a las mujeres frágiles que hacían que los hombres parecieran fuertes y muy masculinos.

–Mira el lado positivo. Podría pillar una neumonía y morir. Problema solucionado.

–No seas estúpida –no lo era. Durante la velada había comprobado que había infravalorado a Lucy Fitzgerald.

Santiago se quitó la chaqueta para dársela. Debajo llevaba una camisa blanca y, a la luz de la luna, se podía ver la forma de su torso bajo la tela.

Ella agachó la cabeza, pero no antes de sentir que se derretía por dentro.

–Debes de estar bromeando.

–Te resultan curiosos los gestos de caballerosidad.

–Teniendo en cuenta que te has pasado la noche siendo muy antipático conmigo... ¡Pues sí!

Lucy se puso las manos en las caderas y lo miró.

–¿Sabes una cosa? ¡Siento lástima por ti!

–¿En serio? Supongo que es mucho esperar que me digas por qué te doy lástima.

–Porque la gente como tú...

–¿La gente como yo?

–Lo siento, lo olvidé, no hay nadie como tú. Eres especial –se mofó–. Pues no lo eres. Vivir en un castillo y tener mucho dinero te hace afortunado, pero no especial.

–Y tú naciste en un barrio humilde y tuviste que buscarte la vida, ¿no?

–Yo no vivo en un castillo.

–Y la familia Fitzgerald se dedica a mendigar, ¿verdad?

–Deja a mi familia al margen de todo esto –dijo ella, fulminándolo con sus ojos azules.

–¿Igual que hiciste tú? ¿Se te ocurrió pensar cómo les afectarían tus actos? ¿Cómo crees que se sienten cuando ven que utilizas tu cuerpo y tu belleza como un arma?

–¿Qué puedo decirte? Soy una mujer poco profunda y superficial.

–Eres... –se acercó y la sujetó por la cintura. Llevó la otra mano hasta su nuca y le sostuvo el cabello mientras la atraía hacia su cuerpo.

El pánico hizo que Lucy se resistiera un poco, pero cuando él la besó sintió que se derretía por dentro.

Él le mordisqueó el labio inferior y suspiró al oír que ella gemía. El calor de su cuerpo atravesó la tela

de su vestido... Lo que ella sentía no se parecía en
nada a algo que hubiera experimentado antes.

–Deseo descubrir tu sabor.

El tono de su voz la hizo estremecerse, y provocó
que el deseo la invadiera por dentro.

–Sí... –susurró–. Por favor.

Él la besó apasionadamente, acariciándola con la
lengua. Lucy no pudo contenerse y gimió varias veces seguidas.

Abrumada por el deseo que él le había despertado,
le rodeó el cuello con los brazos y lo besó también.

Al sentir su miembro erecto contra el vientre, se
excitó todavía más y cedió ante el deseo salvaje. Santiago le acarició el cuerpo y Lucy colocó las manos
sobre sus musculosos hombros. Notó el fuerte palpi-
tar de su corazón, y comenzó a gemir con más intensidad hasta que Santiago se retiró de su lado.

Lucy tardó unos segundos en recuperar la cordura.
De pronto, se percató de lo que acababa de hacer. Lo
miró y negó con la cabeza, incapaz de aceptar el deseo que había despertado en su interior.

Él no dijo nada. Las sombras de la oscuridad acen-
tuaban las facciones de su rostro. Con tan solo mirarlo, deseaba acariciarlo.

–¿Crees que con esto demuestras algo? –lo retó.

–Demuestro que seríamos estupendos en la cama.

Lucy se quedó boquiabierta y salió corriendo.

Cuando Ramón regresó, ella lo estaba esperando
en el coche. Se disculpó por haber tardado tanto y no
pareció sorprenderse por su silencio.

Capítulo 6

TRANQUILA –le aconsejó Ramón al ver que Lucy miraba con nerviosismo por encima del hombro–. No vas a encontrártelo.

El único motivo por el que ella estaba allí era porque él le había asegurado que no se encontrarían con su hermano, por eso y porque le había prometido montar en un caballo purasangre, algo a lo que ella había sido incapaz de resistirse.

–Tu hermano no me pone nerviosa. Simplemente lo encuentro... –incapaz de explicar cómo la hacía sentirse aquel hombre, añadió–: No estará por aquí.

–No –prometió Ramón–. Vamos, lo menos que puedo hacer es invitarte a dar el paseo que te prometí. Tú has cumplido tu parte del trato y, sí, no te preocupes.... Ya sé que no quieres continuar con el plan... ¿Estás segura?

–Completamente.

–Una lástima. Me estaba divirtiendo –Ramón se encogió de hombros–. No está tan mal, has conseguido irritar a Santiago.

«No tanto como él a mí».

–¿De veras? –dijo ella, excitándose al pensar en el contacto de su cuerpo musculoso y en su cálida respiración. «Contente, Lucy. Solo te ha besado...».

–Fue muy desagradable contigo.

–Creí que era lo normal en él.

Ramón negó con la cabeza.

–Mi hermano siempre es muy educado, incluso cuando está muy enfadado. Es capaz de decirte que has metido la pata sin elevar el tono de voz.

–Entonces, me siento especial.

–¿Sigues convencida de que no quieres continuar?

–Sí. Lo siento, Ramón, pero he venido a ayudar a Harriet y no me queda mucho tiempo para convertirme en el objetivo de los desagradables insultos de tu hermano.

–Aprecio lo que estás haciendo, Lucy, pero hasta los presos tienen tiempo libre por buen comportamiento. Bueno, no importa. Lo has dejado tan impresionado que no importa con quién salga a partir de ahora, siempre la considerará mejor opción, así que... salgo ganando.

–Me alegro de haberte ayudado –dijo ella con sarcasmo–. ¿Estás seguro de que tu hermano no estará por aquí?

–Ya te he dicho que Santiago sale a montar antes de que los demás nos despertemos. Antes de desayunar ya ha realizado el trabajo de media jornada. Parece una máquina en vez de una persona, es posible que ni siquiera duerma.

–¿O quizá no puede dormir porque se siente culpable?

Ramón soltó una carcajada.

–La mayor parte de la gente cree que Santiago es un buen hombre.

Lucy resopló.

–Ese es Santana, el caballo de Santiago –dijo Ramón al entrar en el establo donde estaba el semental negro con el que ella había visto a Santiago por primera vez.

Lucy extendió la mano para tocar al animal, pero Ramón se la retiró.

–No es buena idea. Es un poco impredecible.

«Como su dueño», pensó Lucy, estremeciéndose al recordar el beso que habían compartido.

Había decidido que el único motivo por el que ella lo había besado también, como si estuviera hambrienta de sexo, era porque había llevado una vida de monja, y eso no era saludable.

Estaba claro que necesitaba un poco de equilibrio en su vida, y aunque no estaba dispuesta a apuntarse a una agencia de contactos, tampoco iba a evitar una oportunidad para tener una relación. Tal y como había dicho su madre, saldría al escaparate.

Lo que había sucedido la noche del viernes demostraba que todavía tenía libido, ¡pero era una pena que no tuviera buen gusto!

Negó con la cabeza y oyó que Ramón le estaba diciendo:

–Únicamente es amigo de su dueño. ¿Qué te parece Sapphire? –guio a Lucy hasta un purasangre de color marrón que estaba un poco más allá–. Es una yegua muy bien educada –Ramón estiró la mano para acariciar al animal.

–Es preciosa –dijo Lucy, acariciándola también. Se llevó una mano al vientre al sentir otro de los calambres que le habían comenzado una hora antes. Cuando se le pasó el dolor, continuó hablando del animal–. ¿Has montado a Santana alguna vez?

Ramón se rio y negó con la cabeza.

–Santiago me despellejaría si lo intentara. Él no comparte. Tienes buena mano para los caballos.

–Mi padre criaba caballos de carreras como hobby... Todos montamos. A los dos años me subió encima de un caballo por primera vez, y a los seis en un purasangre –se calló al ver que Ramón se llevaba la mano a la frente–. ¿Estás bien?

Ramón negó con la cabeza.

–Sí, sí... solo tengo que... –puso una media sonrisa y dijo–: Regresaré enseguida. Tomás cuidará de ti.

El mozo de cuadra sonrió y preparó dos caballos. Cuando se dio cuenta de que ella sabía lo que estaba haciendo, la dejó sola.

–Abandonada –murmuró ella, ocultando el rostro contra el cuello de la yegua.

Acarició al animal que estaba atado junto al caballo de Ramón, y miró la hora en el reloj de pulsera que llevaba.

–¡Estupendo! –exclamó con frustración, y recorrió el pasillo que había entre los establos. ¿Qué estaba haciendo Ramón?

A ese paso, no podrían salir a montar. Le había dejado unos sándwiches a Harriet para comer, pero sabía que, si la dejaba sola mucho tiempo, no sería capaz de quedarse sin hacer nada y retrasaría su recuperación varias semanas.

Se sentía tentada de sacar a la yegua ella sola y... El sonido de unos cascos golpeando contra una puerta de madera interrumpió sus pensamientos.

–Hola, chico –dijo Lucy en voz alta, y se acercó a la casilla donde el semental se movía de un lado a otro. Lucy sonrió y tendió la mano para acariciarlo. Sin miedo y murmurando con suavidad.

El animal se acercó a ella pateando el suelo, pero con la cabeza agachada.

–Eres precioso –lo tranquilizó–. Necesitas salir a correr, ¿verdad? Yo también –añadió con un suspiro–. ¿Te has sentido rechazado? Ojalá yo pudiera... –sonrió y pensó: «¿y por qué no?».

A pesar de que se le ocurrían numerosas respuestas a su pregunta, la idea de sacarlo a galopar permaneció en su cabeza, así que ensilló al caballo y decidió que, puesto que el animal necesitaba hacer ejercicio, en el fondo le estaba haciendo un favor al dueño.

No dudaba de su capacidad para montarlo. Se había criado entre caballos, montaba muy bien y tenía una habilidad innata para los animales.

Para ganar confianza con el semental, lo montó por el picadero un par de veces antes de tomar el camino que Ramón le había mostrado y que salía a campo abierto, donde podría galopar a toda velocidad.

–Esto es un colegio, no una prisión. No encadenamos a las niñas a la cama, y le aseguro que nuestras medidas de seguridad son más que adecuadas. No obstante, si una niña quiere escapar, es difícil evitarlo.

Santiago no estaba muy impresionado por la lógica de la explicación y mucho menos por lo que el colegio consideraba un castigo apropiado para la infracción que había cometido su hija. Apretó los dientes y trató de moderar su respuesta, consciente de que su opinión acerca del mundo de la educación estaba influida por el tiempo que él había pasado escolarizado.

A los siete años lo habían enviado a un colegio donde el acoso escolar era algo habitual y los profesores miraban hacia otro lado.

–¿No le parece que echar a alguien que ha intentado escapar es seguirle el juego? –Santiago pensaba que la única lección que había aprendido su hija era que, si se escapaba, la castigarían enviándola a casa, que era justo donde se dirigía cuando la encontraron en la estación de autobuses.

Se le helaba la sangre solo de pensar que su hija de once años había vagado sola por la ciudad. Gabby no era más que una niña, y eso la hacía más vulnerable.

–El comportamiento de Gabby ha sido inaceptable...

–Lo que me parece inaceptable es que no tenga ni idea del motivo por el que mi hija quería escapar.

–Las adolescentes...

–Mi hija solo tiene once años.

–Por supuesto, y como ya sabe a mí no me parecía buena idea que se saltara un año... Es una niña inteligente, pero...

Santiago aguantó el discurso un rato más y al final interrumpió:

–Así que la señorita Murano la acompañará en el tren.

–Sí, ¿y usted lo organizará para que la recojan al final del trayecto?

Santiago, que tenía intención de recoger a su hija en persona, contestó afirmativamente y colgó la llamada.

Acababa de salir de su despacho cuando estuvo a punto de chocarse con el encargado de cuadra. El hombre hablaba de manera tan incoherente que Santiago tardó varios minutos en comprender lo que le decía. Cuando lo consiguió, una furia cegadora se apoderó de él.

–¿Que la chica inglesa ha montado a Santana y se ha ido hacia dónde?

Santiago se marchó corriendo. La rabia lo invadía por dentro y en su mente habían aparecido montones de imágenes del pasado... ¡No podía volver a suceder!

Por suerte, el caballo de su hermano estaba ensillado y preparado para montar. Santiago soltó las riendas del poste y se subió al animal, golpeándolo con los talones para que se pusiera en marcha.

Mientras cabalgaba, Santiago pensó en las palabras que le diría para castigarla. De pronto, vio pasar a su caballo galopando.

Sintió una fuerte presión en el pecho y tranquilizó al caballo en el que iba montado, controlando su deseo de seguir al semental. La escena que vio al salir del bosque fue como su peor pesadilla.

Desmontó del caballo y corrió atemorizado hasta donde estaba Lucy tumbada en el suelo.

Capítulo 7

ESTABA ocurriendo otra vez.

Era como una pesadilla.

Santiago se obligó a mirarla. Ella tenía el rostro pálido y parecía una efigie tallada en hielo.

Se enfriaría poco a poco y habría sangre. Él recordaba la sangre en sus sueños, a menudo. Recordaba el hilillo rojo de su boca, y sabía que había sido culpa suya porque Magdalena había tratado de impresionarlo.

Lucy oyó el ruido de los pasos acercándose mientras trataba de recuperar la respiración después del golpe. Le dolía, pero se lo merecía. Estaba furiosa consigo misma por haber cometido un error de principiante. Cualquiera podía caerse, pero soltar las riendas al bajarse del animal era una estupidez.

Esperó a que se le pasara el calambre que sentía en el estómago para abrir los ojos. Al ver los zapatos de piel italianos supo quién estaba frente a ella, mirándola.

De todas las personas que podían haberla encontrado en aquella posición, tenía que ser él.

Al verla pestañear, Santiago se sintió aliviado. Cuando ella comenzó a moverse, él empezó a temblar a causa de su intento por controlar los intensos sentimientos que habían aflorado en él al ver su cuerpo tirado en el suelo, aparentemente sin vida.

–¡Quédate quieta! –exclamó Santiago, preocupado por si había sufrido alguna lesión espinal.

¿Es que aquel hombre no sabía más que dar órdenes? Lucy se negaba a quedarse tumbada mientras él la miraba con desdén, así que se incorporó para sentarse.

Ella apretó los dientes y gimió al hacer el esfuerzo, mientras un sudor frío cubría toda su piel.

Lo que le costaba era respirar.

–Solo me cuesta respirar –jadeó con un susurro e intentó quitarse el casco. Agotada por el esfuerzo, dejó el casco sobre su regazo.

Santiago se fijó en su pelo rubio platino y no pudo evitar recordar el tacto de sus mechones suaves como la seda. Intentó no pensar en ello, pero el recuerdo era tan intenso que notaba un cosquilleo en los dedos.

Lucy se quitó una brizna de hierba de su blusa blanca, consciente de que el hombre que la miraba estaba muy enfadado. ¿Por qué no le decía nada? Finalmente, incapaz de aguantar el silencio más tiempo, Lucy habló:

–Me he manchado la blusa con la hierba.

Santiago resopló con incredulidad y se acuclilló a su lado.

–¡Manchas de hierba! –exclamó, retirándole el casco de las manos temblorosas y resistiéndose a no sujetarle la mano entre sus palmas. Aquella mujer no necesitaba que la consolaran, ¡lo que necesitaba era terapia!

Y que la besaran.

–¡Por favor! Si no eres capaz de decir nada sensato, ¡cállate!

Lucy, que no habría podido decir nada aunque hubiese querido, tragó saliva y se mordió el labio inferior con fuerza.

–Esto... –dijo él, dejando el casco a un lado–. Es posible que esto te haya salvado la vida. Has tenido suerte –no siempre pasaba lo mismo... Santiago bajó la mirada para ocultar el dolor de las brutales imágenes que se agolpaban en su cabeza.

Permanecieron en silencio hasta que Lucy contuvo un gemido y disimuló como si tuviera tos, antes de cubrirse el rostro con las manos.

–No dramatices –murmuró, repitiendo de forma inconsciente la frase que su padre solía repetirle cuando era una niña.

–¡Que no dramatice! –él maldijo y se pasó la mano por el cabello–. ¿Quieres ver algo dramático...?

Ella alzó la vista y lo miró. Sus ojos de color azul eléctrico cautivaron a Santiago, provocando que perdiera el hilo de sus pensamientos.

La pelea se había acabado, y ella parecía indefensa y vulnerable y muy lejos de la mujer seductora de la que él había querido salvar a su hermano.

Sin defensas, su belleza brillaba de manera natural, su piel impecable, su estructura ósea perfecta... Era difícil observar tanta perfección y permanecer indiferente. Mientras la miraba, Santiago notó que su rabia se desvanecía y se sentía como si le hubieran arrancado la armadura... Intentó no pensar en ello. Lo único que había quedado al descubierto era la incapacidad de Lucy para pensar en algo más que en su propia gratificación.

Lucy permaneció sentada, con la respiración agitada y mirando al hombre que estaba a su lado. Como siempre, él desprendía un magnetismo sexual difícil de ignorar y que hacía que la vestimenta que llevaba fuera secundaria. Ese día iba vestido con una ropa más adecuada para la oficina que para montar a caballo, un traje gris, una camisa blanca y una corbata de seda.

Cuando sus miradas se encontraron, entre ellos surgió algo parecido a una descarga.

–No deberías moverte –dijo Santiago–. No siempre debes pensar que hacer lo que digo es lo equivocado.

Lucy pestañeó y se horrorizó al sentir las lágrimas aflorando a sus ojos. El tono amable con el que Santiago se había dirigido a ella había derrumbado sus defensas.

No podía llorar. Sería otro motivo para que él la mirara con desdén.

–Necesito un minuto para recuperar el aliento.

Santiago se puso en pie sin decir nada y se alejó. Necesitaba poner distancia entre ellos.

Se pasó la mano por el mentón y sacó el teléfono móvil. Aquella mujer era impresionante. Solo con mirarla a los ojos, Santiago pensó que era una virgen inocente y se sintió como un déspota y un acosador.

Lucy lo observó de reojo mientras él hablaba por teléfono. Cuando regresó a su lado, ella ya respiraba casi con normalidad y había conseguido controlar las lágrimas.

–¿Mejor?

Ella asintió. «Contrólate, Lucy».

Santiago la miró con escepticismo. Ya no respiraba de forma agitada, pero todavía lo hacía muy deprisa. Consciente de que podía parecer que estaba observándole los pechos por placer, y no a modo de observación clínica, miró a otro lado.

–Tu pierna –le dijo al ver que se le habían roto los pantalones de montar y que se había hecho una herida.

Le acarició la pierna con suavidad y ella la levantó.

–Está bien... es un arañazo –se encogió de hombros y escondió la pierna bajo su cuerpo, concentrándose en el dolor que sentía para no pensar en que estaba deseando que la tocara.

¿Quizá se había dado un golpe en la cabeza?

Él arqueó una ceja y se encogió de hombros.

–Si tú lo dices –el médico igual pensaba de otro modo. Miró hacia el camino y frunció el ceño. ¿Dónde estaba el médico?

–Sí –contestó ella con firmeza.

Al repasar la conversación telefónica que había mantenido momentos antes, se percató de la extraña respuesta que le había dado su hermano cuando le pidió que enviara a un médico.

–Buena idea –le había dicho su hermano sin preguntarle por qué o quién necesitaba ayuda.

Lucy se llevó la mano a la nuca y movió la cabeza con cuidado para mirar a Santiago.

–¿Santana ha regresado a casa? –le preguntó con voz débil.

Santiago la miró con rabia. Ella se fijó en la tensa expresión de su rostro y comenzó a negar con la cabeza.

–No... no... ¡No me digas que está herido! –la idea de ser la responsable de que aquel bello animal se hubiera herido... No le extrañaba que Santiago la mirara

como si deseara estrangularla–. No se ha... –susurró–.
No está muerto, ¿verdad?

–¿Te importaría si lo estuviera?

Al oír una especie de gemido, Santiago sintió lástima por ella. Nunca le había gustado golpear a alguien cuando ya había caído al suelo.

–No tengo ni idea de cómo está Santana –admitió–, pero estaba tan alterado cuando lo vi que es probable que tarde una semana en calmarse, y que yo necesite todo un ejército para atraparlo –mintió, sabiendo que el animal habría ido directamente al establo.

–Lo siento.

–¿Por haber robado un valioso caballo? ¿Por demostrar que no puedes manejar nada más grande que un burro? ¿O porque te haya pillado?

–¡No he robado nada!

–Eso se lo dirás a la policía.

Ella lo miró horrorizada.

–No vas a llamar a la policía.

Él sonrió y arqueó una ceja.

–¿Tú crees?

Lucy no pensaba permitir que él viera que su amenaza la había asustado.

–Creo que eres un auténtico bastardo.

–La última vez que lo comprobé no había hecho nada ilegal –sonrió–. Como, por ejemplo, robar caballos.

–Yo no te robé el caballo. Solo quería montarlo.

–¿Por qué?

Ella pestañeó. No era capaz de explicarle por qué había sacado al caballo.

–¿Por qué no? –se encogió de hombros.

–¿Así que estamos ante un caso de Lucy consigue

lo que quiere, aunque pertenezca a otra persona? —¿acaso no comprendía que no se podía tener todo lo que se quería? Había normas, por ejemplo, la que decía que un hombre no podía quitarle la novia a su hermano. ¿Y si no era capaz de controlar su apetito sexual, ni de apartar sus sentimientos de un destino terrible?

Lucy comprendió cuál era su intención y dijo:

—Ramón no pertenece a nadie, aunque tú hayas hecho lo posible para que parezca que sí.

Santiago frunció el ceño. Había involucrado a Carmella en todo aquello sabiendo que estaba enamorada de su hermano, y confiando en que su aspecto inocente proporcionara distracción. Estaba dispuesto a admitir que su plan había fracasado y se sentía culpable por haber utilizado a la chica.

—Pero Denis Mulville sí —¿qué posibilidad le quedaba a una esposa si Lucy Fitzgerald decidía que quería seducir a un hombre?

Al oír aquel nombre, Lucy palideció. La expresión de repulsa que tenía Santiago no era una novedad. Ella había visto expresiones similares en los rostros de todos aquellos con los que había hablado cuatro años atrás, e incluso en aquellas personas a las que ella había considerado amigas.

Así había aprendido a no darle importancia a la opinión de los demás. La gente podía pensar lo que quisiera. Lo importante era que ella supiera la verdad. Al menos, en teoría.

Había pasado noches llorando sin dormir y días en los que había deseado contar su versión de la historia, pero había mantenido el silencio incluso después de que se hubiera levantado el secreto de sumario.

Ni una sola vez había gritado a los que la acusaban: «¡No me acosté con él!¡Era un canalla!».

–¿Cómo justificas haber destrozado una familia? ¿Trataste de convencerte de que si hubiese tenido un matrimonio feliz no se habría fijado en ti? ¿Que no habría habido una aventura si el matrimonio no hubiera tenido problemas? ¿No es eso lo que siempre dicen las otras mujeres?

–¡Dímelo tú! Pareces un experto en el tema.

Se calló e hizo una mueca al sentir otro calambre en el estómago. Cerró los ojos y apretó los dientes. Si vomitaba delante de aquel hombre se sentiría muy humillada.

Lucy levantó la cabeza, respirando para controlar el dolor.

–¿Qué ocurre?

–¡Nada! –replicó ella.

El sudor que cubría la piel de su rostro indicaba lo contrario.

–Sé que no debería haber sacado al caballo, pero estaba esperando a Ramón y era evidente que Santana necesitaba ejercicio y que tú no te habías molestado en sacarlo...

–¿Así que es culpa mía?

–No, pero...

–Pero tú viste la oportunidad de apuntarte un tanto porque yo te advertí que...

–¡No!

–Entonces, solo me queda pensar que querías llamar mi atención. Para eso no hacía falta que me robaras mi caballo más valioso, si querías que te besara, solo tenías que decírmelo.

–¡Ni lo sueñes! –exclamó ella. Tragó saliva y se cubrió la boca con la mano.

–¿Qué ocurre?

–Tengo náuseas –admitió. Recordó que Ramón se había marchado de repente y se preguntó si podría tener algo que ver con el sándwich de salmón ahumado que habían compartido.

–Deja que te mire los ojos –dijo él, sujetándola por la barbilla.

–No tengo ninguna lesión cerebral.

–¿Recuerdas lo que ha sucedido?

–Por supuesto que lo recuerdo, me he caído.

–Te han tirado.

–Está bien. Perdí el control cuando se asustó con un cerdito.

Santiago pestañeó al oír que se refería a un jabalí salvaje como a un cerdito.

–Monto muy bien. Llevo toda mi vida haciéndolo.

–¿Y llevas toda la vida cayéndote?

Tratando de contener las náuseas, Lucy se secó el sudor de la frente y levantó la cabeza para mirarlo.

–Supongo que tú nunca te has caído –se llevó la mano a la boca y pensó «por favor, no puedo vomitar delante de él».

–Tienes un aspecto terrible –le dijo Santiago al ver que estaba pálida–. ¿Te sientes débil?

–No, no me siento débil, me siento... –se llevó la mano a la boca, se puso en pie y se alejó corriendo. Un poco más allá, se cayó de rodillas.

–¿Estás bien?

Lucy retiró la mano que le había puesto en el hombro y se puso en pie, incapaz de mirarlo a los ojos.

–Por supuesto que no estoy bien –era más fácil soportar las náuseas que la humillación que sentía en esa situación... Deseaba morirse. ¡Él le había sujetado el cabello para apartárselo del rostro!

Santiago era la última persona de la que hubiera esperado un gesto así.

—¿Te has golpeado la cabeza? ¿Te has quedado inconsciente?

—No, yo... Ya estaba... —bajó el tono de voz hasta susurrar y medio cerró los ojos.

Convencido de que había sufrido un traumatismo, Santiago se disponía a sujetarla cuando ella abrió los ojos y lo miró.

—No ha sido la caída. Llevo toda la mañana sintiéndome así.

—¡Además de egoísta, estúpida! —exclamó él—. Permite que lo entienda bien... No solo me has robado un caballo que no podías controlar para burlarte de mí, sino que lo has hecho encontrándote mal.

Lucy, que había estado a punto de ofrecerle una disculpa, perdió las ganas de admitir que se había equivocado.

—No sabía que iba a ponerme enferma... —Lucy buscó el pañuelo que se había puesto en el cuello por la mañana para intentar sujetarse el cabello y no lo encontró.

—¿Ahora qué pasa? —él observó que Lucy se mordía el labio inferior y temió que empezara a vomitar otra vez. Al menos, era preferible a que se pusiera a llorar.

Era extraño lo que le pasaba con aquella mujer. De pronto deseaba estrangularla y, al momento, sentía ganas de ofrecerse para que pudiera llorar en su hombro.

–He perdido mi pañuelo... –al ver que él la miraba como si estuviera loca, se calló–. Y no quería burlarme de ti... No debería haber montado el caballo... el animal que nadie más puede manejar, el más grande. Tienes el coche más elegante... la cuenta corriente con más dinero... Ah, y no nos olvidemos de la petulancia y la superioridad. ¿Alguna vez dejas de competir? Es un milagro que Ramón no tenga mil inseguridades –se calló de pronto, al darse cuenta de todo lo que había dicho.

–¿El coche más elegante?

Ella bajó la mirada.

–¿Es así como me ves...? ¿como a un niño con sus juguetes?

Ella lo había visto desnudo en sus sueños eróticos. Cerró los ojos y se quejó.

–Llama a la policía. Me iré sin dar problemas –eso era preferible a seguir en su compañía.

–No te preocupes, no voy a llamar a la policía –ella suspiró–. Despediré al mozo de cuadra. Era su responsabilidad y las normas son las normas.

Lucy lo miró horrorizada.

–No serías... –se calló al ver que él la miraba con ironía.

–Puesto que mi palabra es la ley y que me juego mi fama de dictador, tengo que dar ejemplo –comentó muy serio.

–Muy gracioso. Oh, no, otra vez me encuentro mal.

Capítulo 8

NO TIENE sentido esperar.

Santiago miró un instante a la mujer que estaba sentada con la espalda apoyada en un árbol. Lucy se había quedado muy débil después de vomitar una última vez.

Nunca se habría imaginado que sentiría admiración por aquella mujer, pero debía admitir que no se había quejado ni una vez.

Quizá estuviera haciéndose la valiente, pero no había manera de que pudiera regresar por sí misma. Sin embargo, si se montaba en la silla de su caballo con él, podrían regresar al castillo en cuestión de minutos. Ya estarían allí si él no hubiese pensado que el médico estaba de camino.

Santiago se volvió y chasqueó los dedos para que el caballo se acercara a él... De pronto, se percató de que no había ningún caballo por allí. El de Ramón también se había escapado.

Lucy vio la expresión que ponía Santiago y dijo:

—Los dos hemos perdido un caballo.

Él la miró.

—Gracias por comentarlo. Es muy útil.

La miró con los ojos entornados y ella le preguntó:

—¿Qué pasa?

–Estaba considerando las opciones...

De pronto, ella se sorprendió al ver lo que él se disponía a hacer y no ofreció resistencia cuando él la tomó en brazos.

Momentos más tarde, preguntó:

–¿Qué haces?

–No tiene sentido perder el tiempo esperando.

«Ni pedirme permiso antes de tratarme como si fuera un saco de patatas», pensó ella mientras él avanzaba por el camino.

Lucy le miró la oreja y permaneció fijándose en como su cabello se ondulaba hacia la nuca... Era mediodía, pero ya se notaba su barba incipiente en el rostro. Acariciarlo sería...

–¡No quiero saberlo! –exclamó de pronto, tratando de no pensar en ello.

–¿El qué?

Lucy miró a otro lado.

–No quiero saber cuánto tiempo vas a tardar en soltarme –levantó la vista, contenta por su rápida reacción. Él la soltó un poco y, rápidamente, ella se agarró a su cuello.

–Me gustaría poder respirar –dijo él.

–Muy gracioso –replicó ella, soltándolo un poco–. ¿Vas a dejarme en el suelo? –preguntó, al ver que él estaba casi corriendo–. Esto es ridículo.

–Mira, me encantaría discutir sobre esto contigo, pero necesito todo mi aliento. Pesas mucho más de lo que aparentas –su peso no era el problema, sino el hecho de que su cálido cuerpo encajaba perfectamente contra el suyo. Lucy Fitzgerald no era una mujer con la que un hombre pudiera estar sin pensar en desnudarla.

Santiago trató de borrar esa imagen de su cabeza. De hecho, se estaba conteniendo para no dejarse llevar por las hormonas que provocaban que deseara tumbarla sobre la hierba y...

–¿Me estás llamando gorda?

Santiago esbozó una sonrisa. La había llamado muchas cosas peores, pero lo que la había molestado era la sugerencia de que estaba gorda.

–Puede que no esté muy delgada... Desde luego, no voy a morirme de hambre para que los hombres como tú se sientan muy machos pudiendo tomarme en brazos.

–¡Dios mío! –él se detuvo y la miró asombrado.

Cuando sus miradas se encontraron, Santiago sintió que sus ganas de defenderse de la acusación de Lucy desaparecían.

Entre sus brazos, Lucy notó que su corazón latía con fuerza. Trató de convencerse de que temblaba a causa de la debilidad que sentía.

–Tienes un cuerpo perfecto y ambos lo sabemos –Santiago continuó caminando.

Lucy permaneció en silencio y se alegró cuando las náuseas y el dolor de estómago hicieron que olvidara el deseo que la invadía y que no la dejaba pensar.

Un poco más tarde, él le preguntó:

–¿Estás enfadada?

Lucy pensó que sería mejor advertirle.

–No, no me encuentro muy bien... –tenía los ojos cerrados, pero sentía que él la estaba mirando.

Debía de tener un aspecto terrible porque él comenzó a caminar más deprisa. No había manera de que siguiera a ese ritmo mucho rato, ni aunque estuviera muy en forma.

–Ya casi estamos –le murmuró al oído–. Aguanta.

–No seas amable conmigo –le suplicó–. O lloraré.

Las lágrimas lo habrían dejado indiferente, pero la súplica lo afectó. No conocía a ninguna otra mujer que prefiriera que le gritaran antes que ponerse a llorar.

–Cállate o te dejaré caer.

Lucy le dedicó una débil sonrisa.

–Gracias. Supongo que estoy siendo muy desagradecida.

–Sí.

–Intentaré no vomitar sobre ti. El traje es muy bonito –dijo ella, preguntándose si tendría fiebre–. ¡Nunca me pongo enferma! –se quejó, prometiendo que a partir de ese día sería más empática con las personas que eran físicamente más delicadas que ella.

Al ver que cada vez estaba más pálida, Santiago terminó de recorrer la distancia que restaba hasta el castillo en un tiempo récord.

Cuando llegaron a los establos, Santiago no tenía ninguna duda de que el motivo por el que Lucy estaba pegada a él no era el deseo, ella ni siquiera era consciente de que estaba gimoteando sobre su hombro.

Al ver que el lugar estaba vacío, aumentó su frustración. Atravesó el césped ignorando los calambres que sentía en el hombro y cruzó la puerta de la entrada principal. El vestíbulo se hallaba vacío. Estaba a punto de gritar para llamar a alguien cuando apareció Josef, asombrado de ver que su jefe llevaba a una mujer semiinconsciente en los brazos.

–¿Dónde está mi hermano?

–Con el médico. No se encuentra bien.

–¿Ramón también está enfermo? –Santiago cerró los ojos. Tendría que cuidar de dos personas indispuestas, además de recoger a su hija en la estación.

–¿Puedo ayudarlo con la señorita, señor?

–No, puedes llamar a Martha y a la chica nueva... Sabina. Y pedirles que vayan a la habitación del ala oeste. Informa al médico de que lo necesitamos allí y prepara el helicóptero para despegar dentro de treinta minutos. Gabby regresa a casa antes.

Josef esperó a que terminara de darle instrucciones, asintió y se marchó. Era un hombre de pocas palabras, y a Santiago le gustaba esa cualidad.

–Eres muy guapa.

Lucy se despertó y vio una silueta junto a la ventana.

–Gracias –repuso al ver a Gabby, y se incorporó sobre uno de los codos mirando a su alrededor.

La noche anterior, Santiago la había llevado allí y la había dejado a cargo del médico y de dos mujeres que habían pasado con ella toda la noche.

Una de ellas hablaba inglés perfectamente, y la otra era la chica que se había cortado la mano durante la cena. Ambas habían sido muy amables con ella.

–Creía que estabas en el colegio.

–Me escapé.

Lucy estaba lo bastante débil como para sentir un momento de empatía hacia Santiago.

–¿Qué hora es?

Las paredes de la habitación estaban llenas de ta-

pices y retratos antiguos. La cama era de madera os-
cura y con dosel. En el hueco de la chimenea había
un ramo de flores naturales que inundaba la habitación con un aroma delicioso.

—Son las dos.

—¿Por qué no me ha despertado nadie? —se retiró
el pelo de la cara.

—Dijeron que Sara y tú debíais descansar.

—¿Sara? —preguntó Lucy arqueando una ceja.

—Una de las doncellas. También comió un poco
del salmón estropeado que era para el gato de la madre de la cocinera.

Tratando de asimilar la sobrecarga de información, Lucy se humedeció los labios con la lengua y
recordó el sándwich de salmón ahumado que Ramón
había preparado cuando ella dijo que no podría ir a
montar hasta que no desayunara.

—Yo tampoco he comido nada, pero no te preocupes, lo envolveré —había dicho él, envolviendo el
sándwich en una servilleta de tela.

Cuando ella se rio, admitiendo que él había pensado en todo, no se imaginó que el sándwich podía
incluir comida estropeada.

—¿Y Ramón?

—Mi tío Ramón estaba mucho peor que tú.

—¿Y ya está mejor?

—No lo sé. Ramón estaba muy enfermo. Ha tenido
que ir al hospital.

—¡Al hospital! —exclamó Lucy alarmada.

La niña asintió.

—Papá dice que se lo merece por asaltar la des-
pensa —dijo Gabby, sentándose sobre la cama.

Lucy descubrió que llevaba puesto un camisón

blanco bordado, de estilo victoriano. No recordaba cómo había terminado vestida así, pero estaba casi segura de que Santiago no había participado.

Él se había marchado nada más dejarla en la habitación. Ella recordaba haber oído una voz masculina durante la noche y que alguien había puesto la mano fría sobre su frente.

Lucy pasó la mano por la manga de su camisón y se percató de que la niña la estaba observando.

—Me lo dio mi tía Serafina. Es horrible, ¿verdad? Siempre me compra ropa demasiado grande para cuando crezca, pero nunca lo hago —suspiró—. Papá dice que es bueno tener un tamaño pequeño, pero ¿él qué sabe? Es un hombre y muy alto... Como tú. ¿Tu pelo es de verdad? ¿No son extensiones? Me gustaría teñirme el pelo, pero papá me mataría. Aunque puede que merezca la pena —añadió con una sonrisa—. ¿Y quién sabe? Quizá sea la gota que colme el vaso y me expulsen definitivamente —miró a Lucy y añadió—: Odio el colegio.

—El pelo es mío —admitió Lucy, agarrando el vaso de agua que había en la mesilla para beber un sorbo—. Y tu papá tiene razón... No hay nada de malo en ser pequeño. Yo siempre deseé serlo.

—¿Que papá tiene razón...? ¿Puedes ponerlo por escrito?

Lucy derramó el agua por encima del camisón y se volvió, encontrándose a Santiago de pie, junto a la puerta.

Al verlo, su cuerpo se llenó de adrenalina. Iba vestido con una camisa blanca y unos pantalones vaqueros. Tenía el cabello húmedo, como si acabara de salir de la ducha.

También estaba muy atractivo y Lucy no tuvo más remedio que admitirlo.

–¿Qué haces aquí? –le preguntó con tono acusador.

Él arqueó una ceja.

–Vivo aquí.

Ella se sonrojó y vio que él se estaba fijando en la almohada que ella tenía agarrada a modo de escudo. No recordaba cuándo la había agarrado, pero tampoco estaba dispuesta a soltarla, ya que al menos le cubría los pezones turgentes que rozaban contra la fina tela del camisón.

–No la he despertado, papá. De verdad, ¿a que no?

–No, estaba despierta –mintió Lucy, y a cambio recibió una amplia sonrisa de Gabby.

–¿Esto es una conspiración? –preguntó él, y se dirigió a la niña–. Márchate, cariño. Ya te has metido en bastantes líos y la señorita Fitzgerald está cansada –se volvió hacia Lucy y dijo–: El doctor está con la doncella que también se ha intoxicado. He venido para decirte que vendrá en cuanto termine con ella.

Cansada... La señorita Fitzgerald se parecía a la versión de Hollywood de una vampira sexy... Frágil, pero mortal.

Una vez que comenzó a mirarla, le costó mucho esfuerzo parar. Ella era la mujer más bella que había visto nunca. Tenía la piel suave y las ojeras que habían aparecido en su rostro provocaban que el color de sus ojos fuera todavía más llamativo.

Tenía mejor aspecto que la noche anterior. La noche anterior parecía... Tratando de mantener el hilo de su pensamiento, Santiago entornó los ojos para concentrarse y rompió el contacto visual con ella.

Santiago recordó la actitud del médico de la noche anterior. No era el médico de la familia, sino un suplente. El hombre había pedido una ambulancia para Ramón, pero no le dio demasiada importancia a la gravedad del estado de Lucy.

Santiago habría preferido prevenir y no le gustó que el doctor tratara de convencerlo de que lo mejor era que Lucy se quedara donde estaba hasta el día siguiente, cuando él valoraría de nuevo la situación.

Esa mañana, Santiago había admitido que el doctor tenía razón y se merecía una disculpa, y respetaba que el otro hombre no le hubiera dicho «Sí, señor», una respuesta que Santiago recibía muy a menudo.

El doctor había respondido encogiéndose de hombros ante su disculpa.

–Me han dicho y me han amenazado con cosas mucho peores –había comentado–. Aunque nunca alguien que pareciera muy capaz de llevar a cabo sus amenazas. A la gente le resulta difícil ser objetiva cuando está implicada emocionalmente.

Santiago había empezado a contarle al hombre que no tenía ninguna implicación emocional con aquella mujer, y que apenas la conocía, cuando se percató de que cuanto más protestara más parecería que intentaba negarlo.

Así que decidió dejar el tema.

–Ha estado durmiendo horas y horas –Gabby se levantó de la cama y dio un paso hacia la puerta–. El médico dijo que no es contagioso –miró a su padre–. Que solo tenemos que mantener una...

–Buena higiene –terminó su padre la frase por ella.

–Una buena higiene. ¿De verdad has montado a Santana?

Lucy miró a Santiago con sentimiento de culpabilidad y vio que él la estaba observando.

–Fue un gran error.

–¿Y te caíste?

–Sí, me caí.

–¿Te dolió?

–No mucho.

–Pero no te has muerto. Me alegro.

Sorprendida por el hecho de la niña quisiera saber los detalles del accidente, Lucy sonrió.

–No ha sido nada.

–Hay gente que muere al caerse del caballo –dijo la niña–. Mi mamá se murió.

Lucy sintió que se le cortaba la respiración.

Capítulo 9

ESTABA muerta cuando papá la encontró.

El comentario provocó que Lucy se asombrara de nuevo y que Santiago se acercara a su hija y le hablara con voz tranquila.

–Gabby, deja en paz a la señorita Fitzgerald. Puedes interrogarla más tarde.

Lucy lo miró y no vio nada en su expresión, excepto una leve tensión en el mentón, que indicara que estaba hablando de una tragedia.

Las lágrimas afloraron a sus ojos y se estremeció... Perder a su mujer en un accidente y descubrir su cuerpo debió de ser... De pronto, se imaginó lo que él debía de haber pensado cuando la encontró a ella... «Oh, cielos, hice que lo reviviera todo... ¡Y pensaba que él estaba exagerando!».

Era un hombre duro, pero hasta el acero tenía puntos débiles.

–Pero, papá, yo... –la niña miró a su padre y suspiró– Está bien, pero yo solo...

–Dile adiós a la señorita Fitzgerald, Gabriella.

–Adiós, señorita Fitzgerald –dijo la niña obedientemente antes de salir.

–Adiós, Gabby –no era de extrañar que Santiago tratara de sobreprotegerla.

Lucy esperaba que Santiago saliera detrás de su

hija, sin embargo, él entró en la habitación y cerró la puerta.

—Tu esposa murió... —comenzó a decir ella—. No conocía las circunstancias...

—No hay motivo para que lo supieras —se hizo un silencio—. ¿Te encuentras mejor? —se fijó en sus ojeras—. Los análisis que le han hecho a Ramón en el hospital confirman qué tipo de bacteria es... Habéis tenido bastante suerte. Han decidido dejarlo ingresado para evitar complicaciones.

—¿Complicaciones?

—Al parecer, en raras ocasiones se ven afectados los riñones. Solo es por precaución. El doctor vendrá a verte pronto. Entretanto, llama al timbre si necesitas algo —señaló hacia el timbre que había sobre la cama.

Lucy no tenía intención de pulsarlo ni de permanecer en la cama.

—También me ha dicho que te diga que tomes muchos líquidos.

Debía de ser un hombre valiente para atreverse a decirle a Santiago lo que tenía que hacer.

—Eres muy amable, pero no es necesario. Estoy bien. Si alguien pudiera traerme mi ropa...

—Estás muy débil —dijo él, empujándola con un dedo y haciendo que se recostara de nuevo en las almohadas. Se inclinó sobre la cama y la arropó con la colcha, provocando que Lucy no pudiera evitar percibir su aroma masculino.

—¡No puedes mantenerme aquí en contra de mi voluntad!

—Es cierto, no puedo, suponiendo que quisiera hacerlo —la miró fijamente antes de dirigirse a la puerta—. Siéntete libre para regresar a la finca, si es lo que deseas. Estoy seguro de que Harriet se levantará de la cama para cuidar de ti.

–¡Harriet! –exclamó Lucy. No había pensado en su amiga ni una sola vez en todo ese tiempo.

–No te preocupes –dijo él, al ver que parecía dispuesta a saltar de la cama–. Harriet está bien cuidada. Hay un hombre encargándose de los animales y una chica del pueblo la está ayudando con la casa.

–¿Te has ocupado tú?

–Harriet es mi inquilina. Es mi responsabilidad. Si me hubiese enterado de su accidente, me habría ocupado de buscarle ayuda hasta que pudiera volver a ponerse en pie.

–Y yo no habría venido. No nos habríamos conocido.

Santiago contempló el sol de la tarde reflejado en el suelo de madera y dijo:

–En un mundo perfecto –pensando en lo sencilla que había sido su vida unos días atrás.

Él le había dicho cosas mucho peores, pero, curiosamente, aquella le dolió más que las otras. Ni siquiera era una reprimenda, simplemente un comentario obvio... Ella no le había causado más que problemas.

–¿Estás llorando? –Santiago siempre había tenido una actitud cínica hacia el llanto de las mujeres. O era irritante, o era manipulador. Y su respuesta solía ser marcharse, o ignorarlo.

Por algún motivo, no fue capaz de hacer ninguna de las dos cosas.

–¡No! –dijo ella, como ofendida por la sugerencia–. Estoy bien. Y siento haber sido una molestia y haberos creado tantos problemas.

Él se encogió de hombros.

–Creo que puesto que mi hermano te ha intoxicado, es lo menos que podemos hacer.

Lucy lo miró y se aventuró con la pregunta que no se podía quitar de la cabeza.

–Ella no estaba montando a Santana, ¿verdad?

Santiago se puso tenso. Despúes, soltó una carcajada.

–Magdalena les tenía miedo a los caballos –resultó que tenía más miedo a que él opinara algo malo de ella–. A todos los caballos. Jamás habría entrado en el establo de Santana. La yegua que montaba se rompió la pata en la caída y hubo que sacrificarla.

–¿Y si tenía miedo por qué...? –Lucy se sonrojó–. Lo siento, no es asunto mío...

–¿Quieres saber por qué mi esposa estaba montando a caballo si los odiaba? Es una buena pregunta. Salió a montar porque yo le dije que debía superar sus miedos. Le dije que debía enfrentarse a ello y dejarse de ridiculeces.

Recordó el incidente que había ocurrido antes de la tragedia. Durante años lo había rememorado montones de veces.

Había sido el cumpleaños de Gabby. El día anterior él había anulado todos los compromisos para poder estar en la celebración y tomarse su papel de padre seriamente.

Magdalena era una gran organizadora y la fiesta había sido un éxito para todo el mundo menos para su hija, que se había pasado el día viendo a sus amigas saltar en el castillo hinchable y montando en un poni por el jardín.

Cuando él le preguntó si quería dar una vuelta, la niña negó con la cabeza.

–Es muy peligroso. Mamá dice que puedo hacerme daño.

Y, cuando la llevó al castillo hinchable, la pequeña comenzó a llorar con tanta fuerza que tuvo que sacarla. Santiago supo entonces que no podía seguir ignorando aquella situación.

Esa noche se enfrentó a Magdalena. Estaba demasiado enfadado como para hacerlo con tacto y delicadeza, y la acusó de influenciar a su hija con sus miedos e inseguridades... Cuando ella se defendió, diciéndole que su deber era proteger a su hija de posibles peligros, él le gritó.

–¡Peligros! Hasta un chupachups tiene peligro para ti –se había burlado de ella–. No permitiré que nuestra hija crezca y se convierta en una mujer que tiene miedo de su propia sombra.

–¿Una mujer como yo?

Se hizo un silencio. Habían tenido aquella conversación en otras ocasiones y, cuando llegaban a ese punto, él se apresuraba a consolarla. Sin embargo, esa noche no lo hizo. Ya le había dicho que todo iba a salir bien y la situación no había mejorado, si acaso, había empeorado.

Así que... Santiago ignoró su mirada de súplica y contestó:

–Sí.

Cuando se casaron, Santiago estaba convencido de que con su apoyo y, al liberarse de la opresión de sus padres, su tímida esposa florecería. En aquel entonces, él creía que el amor podía conquistarlo todo, y que podría convertir a Magdalena en la mujer que él sabía que podía llegar a ser.

La timidez que en un principio le había resultado

atractiva y por la que él había desarrollado un fuerte instinto protector, había terminado por molestarlo.

En retrospectiva, se daba cuenta de que el desencanto había comenzado después de que Gabby naciera. Siempre había pensado que una madre debía ser un modelo de fortaleza para su hija, pero tenía la sensación de que lo único que Magdalena estaba enseñando a su hija era una gran falta de confianza en sí misma y un montón de fobias.

–Hizo lo que pensaba que yo quería que hiciera –le dijo a Lucy. «¿Y por qué estás manteniendo esta conversación, Santiago? ¿Y por qué con la mujer con la que se acuesta tu hermano?»–. Magdalena quería complacerme y yo la maté... Yo la maté.

«Y tú llevas toda la vida castigándote por ello», pensó Lucy.

–Si fuera verdad, estarías en la cárcel –dijo ella–. Fue un terrible accidente –añadió.

–Los accidentes son impredecibles –contestó él. Y, al parecer, las respuestas de Lucy también. Ella podía haberse aprovechado de la fisura que le había mostrado en su armadura.

–¿Qué quieres que te diga? –preguntó ella al percibir odio en su voz–. ¿Que fue culpa tuya?

–No quiero que digas nada.

Ella podía haberle preguntado por qué había sacado el tema, pero no lo hizo. Lo miró un momento y agarró la jarra de cristal para servirse agua. No esperaba que pesara tanto, y empezó a temblarle la muñeca. Un cubito de hielo salió despedido por la mesilla.

Santiago le retiró la jarra de la mano y sus dedos se rozaron. Ella tuvo que contenerse para no estremecerse.

–Deja que lo haga yo... lo mojarás todo.

Ella lo observó mientras le servía el agua.

–Tienes una hija encantadora –dijo ella–. ¿Ya ha vuelto a casa?

–Tendrá unas extensas vacaciones de verano. A mi querida hija la han expulsado del colegio... otra vez. Sin embargo, estoy seguro de que la escolarización de mi hija no te interesa –las mujeres que solo se interesaban por sí mismas rara vez se interesaban por algo que no las afectara directamente.

«¿Ha estado viviendo en una granja, trabajando de forma gratuita y haciendo de enfermera por propio interés?».

Santiago estaba seguro de que tarde o temprano sabría por qué Lucy actuaba de forma aparentemente altruista ayudando a su amiga.

–¿No está contenta? –preguntó Lucy mirándolo con preocupación.

–Está muy mimada –contestó él, tratando de zanjar el tema.

–Quizá no le gusta el colegio... –se aventuró a decir ella, esperando que le contestara que no era asunto suyo, pero no fue así.

–La vida exige que hagamos cosas que no nos gustan.

¿Pensaría Lucy que él no deseaba proteger a su hija de todo aquello que pudiera herirla? Si seguía su instinto no la prepararía para lo que se encontraría en la vida. Por supuesto, intentaba hacerlo de forma equilibrada. Si era demasiado duro con ella...

–Puede que el concepto del deber te resulte extraño...

Lucy soltó la almohada que sujetaba contra su pecho y se incorporó en la cama.

–Sí, bueno, finjamos por un momento que tengo una ligera idea sobre lo que significa.

–Yo también odiaba el colegio, pero no hay que huir de las cosas que se odian... Acaba siendo una costumbre –y Santiago no quería que su hija se acostumbrara a ello.

–¿Eso está en el mismo libro que dice que lo que no te mata te hace fuerte? ¿Se te ha ocurrido preguntarle por qué se escapa?

Él la miró con impaciencia.

–Por supuesto que se lo he preguntado –forzó una sonrisa–. Y me niego a recibir consejos sobre la paternidad de alguien que ni siquiera es un buen modelo para una joven.

Lucy se quedó de piedra.

–Intentaré no contagiarla con mis... –se calló y respiró hondo–. Siento haberte creado tantos problemas –añadió formalmente–. No a ti personalmente, pero a tus empleados. Todos han sido muy amables.

–Como ya te he dicho, es lo menos que podemos hacer.

También podría haber intentado no discutir con ella mientras estaba enferma y agotada.

–¿Cómo está Ramón?

–Esta tarde voy a ir a visitarlo –contestó él con frialdad.

–¿Le darás un beso de mi parte?

Santiago la miró fijamente y exclamó:

–¡No, no lo haré!

–De acuerdo. Lo haré yo cuando salga de aquí. Y no te preocupes, ¡hará falta un terremoto para que me quede aquí un segundo más de lo necesario! –gritó ella, mientras él se marchaba.

Capítulo 10

EL MÉDICO llegó minutos más tarde y Lucy, que se sentía muy cansada, no se sorprendió cuando le dijo que la bacteria que habían pillado era de una cepa muy virulenta. De hecho, ella había estado a punto de contestar: ¡la cepa Santini!

Lucy, que confiaba en que le iba a dar permiso para marcharse, se desilusionó cuando el médico le dijo que quería que se quedara en la cama hasta el día siguiente y que después valoraría de nuevo la situación.

En realidad, ella no sentía muchas ganas de salir de la cama. Durmió gran parte del tiempo y, cuando se despertó en una ocasión, se encontró con Gabby sentada a los pies de la cama.

Sabía que Santiago se pondría furioso si la encontraba allí y, entonces, la niña empezó a decir:

—No te preocupes, papá se ha ido al hospital a ver a mi tío Ramón —era evidente que le habían advertido que no fuera a visitarla.

Lucy se libró de pedirle a la niña que se fuera cuando apareció Josef con una bebida que le había mandado el médico para rehidratarse. El hombre salió de la habitación y aprovechó para llevarse a la niña.

Al día siguiente, Lucy se encontraba mejor y habría agradecido que Gabby hubiera ido a visitarla para distraerla y así no repasar, una y otra vez, todas las conversaciones que había mantenido con Santiago.

Cuando el doctor fue a visitarla, Lucy le aseguró que había pasado una buena noche, aunque no mencionó los sueños que habían provocado que se despertara sudando y agitada.

Había cosas que no se contaban a nadie. Ni siquiera a un médico.

Después de hacerle varias preguntas, el médico le dijo que podía irse a casa si conseguía tomar una comida ligera y no le sentaba mal.

A Lucy le habría encantado explorar aquel edificio, pero decidió quedarse en su habitación para evitar la posibilidad de encontrarse con Santiago. Él no había ido a visitarla. Era posible que estuviera evitándola, pero también que se hubiera olvidado de que estaba allí. Pensando en ello, se obligó a comerse la comida ligera que le habían servido en una bandeja de plata.

Pasar otra noche allí no era una opción.

–Me siento tan mal por Lucy...

Santiago no había sacado el tema porque su hermano estaba muy débil y no tenía muy buen aspecto, pero después del comentario de Ramón ya no se pudo contener.

–Por favor, Ramón, sé que estás hechizado por esa mujer y admito que es cautivadora... pero...

Ramón movió la mano donde le habían puesto la vía para el suero.

–No me estoy acostando con ella.

Al ver la expresión de incredulidad que ponía su hermano, esbozó una sonrisa.

–Oh, no me malinterpretes. Lo haría si pudiera, o si ella quisiera. No está interesada en mí. Descubrí que tú le habías advertido que se fuera y... Estoy harto de que intentes gobernar mi vida. Por favor, Santiago, ¿cómo voy a aprender de mis errores si no me dejas cometer ninguno?

Ramón observó atentamente a su hermano.

–Sabía que se te metería en la cabeza que la pobre Lucy es una especie de mujer fatal y quería... –respiró hondo– darte una lección –esperó para ver la reacción de Santiago y, al ver que no decía nada, añadió–: Di algo. Estoy casi muriéndome.

–¿No te acuestas con ella? –si Ramón no se acostaba con Lucy, él podría... Santiago suspiró–. Bien.

–¿Bien?

–Muy bien –Santiago sonrió.

Estaba muy bien no tener que sentirse celoso de su hermano. No tener que seguir intentando sacar a Ramón de la cama de Lucy y no tener que fingir que no era en la cama de Lucy donde él, Santiago, deseaba estar.

¿Cómo no iba a ser buena la idea de tener relaciones sexuales con una mujer bella y experta? Podría satisfacer su deseo y sacarse a Lucy Fitzgerald de la cabeza.

Unas horas más tarde, quedarse una noche más en aquel lugar parecía una posibilidad real. Lucy estaba esperando en una salita a que fueran a recogerla y, cansada de esperar, miró el reloj.

Había decidido esperar media hora más antes de llamar a un taxi. Entonces, se abrió la puerta.

–No esperaba encontrarte aquí todavía –Santiago la miró con arrogancia–. Creía que solo un desastre natural te retendría aquí un segundo más.... –eso, y Josef, que siempre podía confiar en él. El hombre se merecía un aumento de sueldo. Santiago le había pedido que no la dejara marchar y Josef lo había hecho con sutileza.

Lucy se sonrojó y se puso en pie.

–Todavía estoy esperando al coche –le explicó–. Josef me dijo que no tardaría mucho en llegar –eso había sido hacía dos horas.

Santiago arqueó una ceja con ironía.

–Lo siento si me he quedado más tiempo de lo debido –Lucy se dirigió a la puerta.

–Siéntate –dijo él.

Al sentir la presión de su mano sobre el hombro, Lucy se sentó. El leve contacto provocó que se le acelerara la respiración.

Él la miró y, por un instante, ella vio algo en su mirada que hizo que se le formara un nudo en el estómago. Después, desapareció.

Él se acercó al escritorio y agarró un decantador que había encima. Sirvió un poco del líquido que contenía en un vaso y se lo bebió de un trago. Después rellenó el vaso una vez más y la miró:

–¿Es eso lo que he dicho?

–No –admitió ella–, pero...

–¿Te pones a la defensiva solo conmigo o eres así con todo el mundo? –preguntó mientras servía otro vaso–. ¿Crees que no soy capaz de decir lo que quiero decir?

Ella pensó en decirle que no bebía alcohol, pero decidió que quizá le sentara bien, así que lo aceptó. Asintió y se lo acercó a la nariz para oler su aroma.

–Estoy segura de que eres muy capaz de... –se calló y perdió el hilo de su pensamiento cuando él la miró a los ojos. «No puedo mirarlo sin pensar en lo increíble que será en la cama».

Lucy se obligó a controlar su desbordante imaginación.

–Soy precavida con la gente –comentó. «Aunque no lo bastante precavida contigo».

Debería haber salido corriendo en sentido contrario el día que vio a aquel hombre por primera vez. En cambio, había pasado mucho tiempo inventando motivos para estar a su lado, convenciéndose de que era una víctima de las circunstancias, cuando en realidad era una víctima de su propia libido.

«Precavida» era una palabra que Santiago nunca habría utilizado con alguien como ella, una persona que actuaba antes de pensar.

Lucy le había dado una clase sobre la paternidad, le había robado un caballo y, además, había formado parte de una conspiración para enseñarle una lección.

–O sea, que no soy especial.

«Si tú supieras...», pensó ella mientras él se quitaba la chaqueta y la dejaba en el respaldo de la silla. Lucy no pudo evitar estremecerse. La fascinación que sentía hacia él no disminuía. Si acaso, era cada vez más intensa. Él era como una droga. «Mira, pero no inhales, Lucy. Y, desde luego, ¡no toques!».

Lucy lo observó mientras se aflojaba la corbata. Nunca se imaginó que podría disfrutar con tan solo mirar a un hombre.

–Estaba poniéndome al día con mi correo electrónico –dijo ella, señalando el ordenador que había sobre la mesa–. Josef me dijo que no había problema. Harriet no tiene acceso a Internet, y esperaba verte –mintió.

–Me halagas –Santiago acercó una silla hacia donde estaba ella y se sentó.

–Confiaba en que tuvieras noticias de Ramón –cuando sus miradas se encontraron, Lucy tuvo la sensación de que él podría descubrir su mentira. Se sentía muy mal porque no había pensado en Ramón en toda la tarde.

–Otra vez estoy en segundo lugar –él suspiró –. Sabes muy bien cómo poner a un hombre en su sitio.

La idea de convertirse en el amante de Lucy lo entusiasmaba como no le había entusiasmado nada en mucho tiempo. Ella lo retaba, y no solo con su increíble aspecto. Era la criatura más bella que había visto nunca, pero además era muy inteligente. Y, cuando sus dedos se rozaban, ella siempre se estremecía. Santiago se esforzaba por contenerse, pero tanto esfuerzo lo estaba matando.

No podía concentrarse en nada, había estado a punto de perder los nervios y la cura de su problema estaba al alcance de su mano. Pestañeó para intentar borrar la imagen que invadía su cabeza. Ella desnuda, a horcajadas sobre su cuerpo. ¡A veces creía que había perdido la cabeza!

Aunque evidentemente no era la mujer escarlata que los medios habían mostrado, Lucy tenía un pasado. ¿Y quién no lo tenía? Él no necesitaba que las mujeres que se llevaba a la cama fueran vírgenes.

Lo último que Santiago buscaba a esas alturas era

una mujer que hubiera estado esperando al hombre adecuado, él no era adecuado para nadie.

Había intentado negar la existencia de aquella fuerte atracción, y no había funcionado. Había intentado esperar a que pasara, pero no había ocurrido. Solo le quedaba la opción de disfrutar de ello... era la opción más atractiva.

—He tenido una interesante conversación con Ramón.

Lucy se tensó al oír aquel comentario. Si Ramón se había sincerado acerca de su falsa relación con ella, Santiago habría llegado allí escupiendo fuego.

La idea hizo que ella se relajara un poco.

—¿Cómo está? —preguntó Lucy, acomodándose en su asiento.

—Le darán el alta el fin de semana.

—¡Estupendo!

—Así podréis continuar con vuestro gran romance.

—Yo no lo llamaría un gran romance... —murmuró ella, bebiendo un sorbo de brandy.

—¿No? ¿Y cómo lo llamarías?

—Es difícil de decir —admitió ella.

Santiago entrelazó los dedos y sonrió.

—Inténtalo —su tono de voz no era de broma, ni tampoco su mirada.

Ella apretó los labios y lo miró muy seria.

—No tenemos una relación seria, ¿de acuerdo? —admitió sin mirarlo.

—¿Y has estado alguna vez con alguien?

—Lo normal es que sea difícil conseguir una relación estable, ¿verdad? —eso no impedía que ella fuera una optimista y pensara que había alguien especial para cada persona, solo que a veces no se encontraban.

—Así que no buscas nada permanente —«mejor», pensó él.

«Preséntame a una mujer que diga que no busca algo permanente y te presentaré a una mentirosa», pensó ella.

—Lo permanente implica hacer concesiones y eso a mí no se me da bien.

—Entonces, ¿no crees que ahí fuera hay alguien que te hará sentir plena? ¿Un compañero del alma?

¿Era eso lo que había sido su esposa? ¿Su compañera del alma?

Lucy levantó la vista y puso una amplia sonrisa. Cuando sus miradas se encontraron, dejó de sonreír.

—Lo sabes.

—¿El qué?

Lucy resopló al ver que fingía.

—Ah, ¿te refieres al hecho de que no te has acostado con mi hermano? ¿Y a que no hay ninguna aventura entre vosotros?

Pensándolo bien, Santiago sabía que tarde o temprano lo habría descubierto. Y lo habría hecho antes si su atención no hubiese estado nublada por los celos. Él los había visto coquetear, y había tenido que contenerse para no separarlos.

—Todavía no —contestó ella.

—¡Y nunca!

Él actuó rápidamente y sin avisar. Se levantó, la tomó entre sus brazos y la estrechó contra su cuerpo.

Ella abrió la boca para preguntarle qué diablos estaba haciendo cuando él le sujetó el rostro con las manos y la miró. El deseo que reflejaba su mirada provocó que ella gimiera.

–Eres muy bella. No hago más que buscar los fallos, pero no encuentro ninguno.

Lucy empezó a temblar.

–¿Qué ocurre?

–Creo que ya lo sabes.

Lucy sintió un revoloteo en el estómago y echó la cabeza hacia atrás cuando él la besó en la base del cuello. Una oleada de deseo la invadió por dentro.

Ella cerró los ojos y se mordió el labio inferior, mientras él continuaba besándola en el cuello sin apenas rozar su piel. Las suaves caricias provocaron en ella una intensa sensación erótica.

Santiago la besó en la mejilla, en la oreja, y antes de besarle el labio inferior se lo acarició con el pulgar. Después, la besó en los labios apasionadamente. Ella levantó los brazos y lo rodeó por el cuello mientras él acariciaba el interior de su boca con la lengua.

Mientras se besaban, él le acarició la espalda y el trasero, estrechándola contra su cuerpo para que notara su miembro erecto.

–Estabas esperando esto.

Ella lo miró a los ojos.

–Sí –admitió, pensando: «Te estaba esperando a ti».

Él inhaló el aroma que desprendía su cabello.

–Quiero impregnarme de ti. Quiero estar dentro de ti.

La tensión sexual que la invadía por dentro era tan fuerte que ella apenas podía respirar, o pensar...

–Llévame a la cama, Santiago –susurró–. Por favor.

El brillo de pasión que había en su mirada la hizo estremecerse. Él asintió, la tomó de la mano y la llevó hasta la librería. Allí, presionó sobre un panel, y se echó a un lado mientras se abría una puerta.

—¡Una puerta secreta! —exclamó Lucy.

—No es muy secreta, pero es útil.

Al entrar, Lucy se encontró en una habitación iluminada donde había una escalera de caracol.

«¿Cuántas mujeres habrán subido por esta escalera?». Lucy comenzó a subir con el corazón acelerado. «Olvídate de las otras». Esa era su noche. Una vez arriba, Santiago presionó sobre otro panel y entraron en una habitación enorme.

—Mi dormitorio —dijo él, mirando a Lucy—. Y mi cama —añadió.

No dejó de mirarla ni un instante mientras la guiaba hasta la cama de roble que presidía la habitación. Después, retiró la colcha blanca y dejó a Lucy sobre la cama.

Ella se arrodilló, se retiró el cabello de los ojos y lo miró:

—¿Santiago...?

Él la miró y empezó a quitarse la ropa.

—Necesito decirte algo... ¡Oh, cielos! —exclamó al ver que él se había quitado la camisa haciendo estallar los botones.

Todos los músculos de su torso estaban perfectamente marcados y no tenía ni un gramo de grasa.

Lucy notó que se le humedecía la entrepierna, pero también experimentó cierto temor. Él era magnífico. Desde luego, no era el tipo de persona ante el que uno quería admitir: «No soy maravillosa en la cama, pero haré lo que pueda».

—Mira, yo no... Hay algo que deberías saber acerca de mí.

Esa vez, la distracción fue mucho mayor. Se había quitado los pantalones y se acercaba a la cama solo con la ropa interior, una prenda inadecuada para disimular su erección.

—Todos hemos hecho cosas de las que no nos sentimos orgullosos.

«Oh, no». Era evidente que él no se imaginaba que lo que quería contarle era que era virgen.

Él se acomodó al lado de Lucy y metió la mano en su blusa.

—No, en serio... —el resto de su protesta se perdió entre sus besos. Segundos después, cuando él introdujo la lengua en su boca, ella pensó: «¡Puedo hacerlo!».

Acariciarlo y besarlo le parecía natural, fácil y excitante.

—Quiero probarte —dijo ella, acariciándole el musculoso abdomen.

—¡Dios mío! —exclamó él, tumbándola sobre la espalda y desabrochándole los botones de la blusa con una destreza que sugería que tenía mucha práctica.

«Al menos, uno de los dos la tiene», le dijo a Lucy su vocecita interior.

—Lo harás —prometió él. Ocultó el rostro entre sus senos y le retiró los tirantes del sujetador para dejar sus pezones al descubierto.

Cuando le acarició uno de los turgentes pezones con la boca, y después el otro, Lucy echó la cabeza hacia atrás y gimió.

«¡Madre de Dios! Es tremendamente sensible».

Santiago le retiró el sujetador por completo y, al ver sus senos completamente desnudos, se excitó todavía más.

Mientras le quitaba la falda y la ropa interior de encaje, le temblaban las manos. Y en todo momento fue consciente de que ella lo miraba con los ojos entreabiertos y que se le había oscurecido la mirada. La tensión sexual que llenaba el ambiente era explosiva.

—Eres una diosa —comentó él.

Lucy negó con la cabeza. No quería ser una diosa para que la pusieran en un pedestal. Ella quería que la abrazara y la acariciara.

—No, soy una mujer —«tu mujer», dijo en silencio.

El primer contacto piel con piel fue sobrecogedor, una sobrecarga sensorial. Ella le acarició el trasero y notó su musculatura bajo la ropa interior.

Santiago le sujetó las manos y se arrodilló sobre ella. Comenzó a acariciarla con los dedos, los labios y la lengua, hasta que le ardía toda la piel. Ella no sabía cuánto tiempo duró su tormento, pero parecía que él sabía muy bien cómo y dónde acariciarla, llevándola hasta un lugar donde solo existía Santiago y un inmenso placer.

—Esto es tan... —Lucy echó la cabeza hacia atrás y colocó los brazos por encima mientras él la besaba en el vientre y continuaba acariciándole los senos mientras se deslizaba más abajo por su cuerpo. La cálida humedad de su entrepierna se había vuelto casi insoportable cuando ella sintió que él introducía los dedos en su cuerpo. Ella se tensó y percibió que él la miraba de forma inquisitiva.

—¿Ocurre algo?

Ella abrió los ojos y lo miró.

«Nada. Quiero que suceda...». Nunca había deseado algo tanto como aquello.

Como respuesta, se movió un poco y separó las piernas.

Santiago gimió y se quitó los calzoncillos. Al oír que ella exclamaba: «Madre mía», sonrió.

Mirándola a los ojos, le agarró la mano y la llevó hasta su miembro erecto. Ella lo rodeó con los dedos y cerró los ojos para intensificar la sensación.

—¡Basta! —Santiago le agarró la mano y la acarició a ella, deslizando los dedos por el centro de su feminidad.

Sus gemidos de placer provocaron que se excitara aún más.

Incapaz de resistir el fuego que ardía en su interior, ya no podía luchar contra el deseo de poseerla. La besó, se colocó sobre ella y le separó las piernas con la rodilla.

—Mírame.

Lucy lo estaba mirando cuando él la penetró.

Ella estaba tan concentrada en lo que le estaba sucediendo a su cuerpo, y en la increíble sensación que le producía al poseerla, que no se percató del sonido de sorpresa que emitió él.

Lucy respondió de forma instintiva a los eróticos movimientos de su cuerpo, arqueándose y rodeándolo con las piernas para mantenerlo cerca.

Las sensaciones eran increíbles, el placer tan intenso, tan delicado, que las lágrimas afloraron a sus ojos. Y acabaron rodando por sus mejillas.

Dejándose llevar por una oleada de placer de intensidad aterradora, lo abrazó, adorando la presión de su cuerpo, adorando la sensación de su miembro erecto en su interior... ¡Adorándolo a él!

–Déjate llevar, querida –le dijo mientras la besaba en los labios.

Lucy asintió, aunque no tenía ni idea de lo que él quería decir, y se dejó llevar.

Era como una caída libre en el espacio. No era capaz de controlar las intensas oleadas de placer que invadían su cuerpo, así que simplemente se abandonó a ellas.

Estaba en el centro de aquella tormenta de sensaciones cuando notó que él se liberaba en su interior.

Capítulo 11

ESTO no es posible –aunque todavía tenía la piel caliente y pegajosa por el sudor, Santiago estaba muy pálido cuando se separó de Lucy.

Lucy, que no quería separarse de él tan pronto, colocó la pierna sobre su cadera y apoyó la cabeza en su torso, acariciándole uno de sus pezones.

Cuando él le agarró la mano y se la dejó sobre la almohada, Lucy se quejó.

–Lucy, ¿puedes parar? Estoy tratando de... –se calló. Ella parecía un ángel juguetón allí tumbada. ¿Cómo era posible que él hubiera sido su primer amante?

–¿Qué estás intentando? ¿Descubrir por qué alguien pidió una orden judicial para detener el chantaje de una zorra y que no sacara a la luz su aventura amorosa cuando la zorra en cuestión era virgen?

Santiago apretó los dientes y le acarició el muslo a Lucy para atraerla hacia sí.

–No uses esa palabra.

–¿Cuál? ¿Zorra? ¿O virgen? –él no sonrió–. De acuerdo, no es tan complicado, pero es una larga historia. No quiero aburrirte con los detalles.

–Abúrreme.

Su tono no invitaba al debate, así que ella respiró hondo y comenzó a contárselo.

–Participé en un desfile benéfico y me presentaron

a Denis Mulville. Él trabajaba como publicista para uno de los patrocinadores. Resumiendo, me hizo una oferta que creía que yo no iba a poder rechazar... Y la rechacé –Lucy se estremeció al recordar a aquel hombre–. Fue muy insistente, me mandaba flores y regalos, pero yo se lo devolvía y lo ignoraba, suponiendo que perdería el interés. Entonces, la cosa se complicó... Al parecer, nadie le dice que no a Denis Mulville –percibió que Santiago se tensaba y levantó la cabeza–. Nada físico, solo mensajes de texto, emails y ese tipo de cosas. Ninguna amenaza, solo sugerencias... Todo de manera sutil, nada agradable.

Santiago, que había intentado mantener sus sentimientos bajo control mientras ella le contaba su historia, maldijo.

–Ese hombre te acosó –dijo al fin–. ¿Cómo es que la orden judicial era contra ti? –el mundo la había condenado y él se había subido al carro, considerándola culpable sin dudarlo. Respiró hondo y, al pensar en todo lo que le había dicho a Lucy, sintió un nudo en el estómago.

–Su venganza final. Como no me iba a acostar con él, se inventó una aventura y se la contó a sus amigos... De hecho, parecía que todo el mundo lo sabía menos yo. Preparó el terreno, así que, cuando más tarde dijo que yo trataba de chantajearlo, lo creyeron.

Santiago lanzó una maldición.

–¿Qué pasó con aquello de que uno es inocente hasta que no se demuestre lo contrario?

–No hubo juicio. Solo un requerimiento. No se aplican las mismas normas.

–¡Madre de Dios! –exclamó él, hundiendo el rostro en su pelo y estrechándola contra su cuerpo.

Lucy suspiró y ocultó el rostro contra su hombro.

–Protegieron su identidad, pero no la mía... mi nombre salió a la luz, y lo mejor es que a mí me prohibieron hablar... Aplicaron la ley de la mordaza. No podía defenderme de nada de lo que escribieran sobre mí –se tumbó de espaldas y agarró la almohada contra su pecho como para protegerse de los recuerdos.

Mientras escuchaba su historia, Santiago sintió una fuerte presión en el pecho y que apenas podía respirar a causa de la rabia que experimentaba. ¿Cómo podía parecer tan tranquila y sin mostrar rencor después de lo que había sucedido?

–Protegieron su nombre, aunque todo el mundo lo conocía. Hay que admitirlo, fue la venganza perfecta... Ahora pienso que si hubiese sido lista le habría dicho que yo era homosexual.

Santiago no se dejó engañar por su risa.

–Lo hizo porque te negaste a acostarte con él. Ese hombre es... –empleó una palabra que no estaba en el vocabulario de Lucy, y que resultaba difícil de encontrar en los diccionarios.

–Es un hombre mezquino y vengativo, y no merece la pena perder el tiempo pensando en él –Lucy había perdido la cuenta de las veces que se había repetido aquello.

–¿Y cuando levantaron el requerimiento? ¿Entonces sí podías hablar? –eso lo asombraba. ¿Por qué no había desenmascarado a aquel bastardo cuando tuvo la oportunidad?

Lucy se colocó la almohada bajo la cabeza.

–Sí, claro, podría haber ganado una fortuna con mi historia –a pesar de su tono de broma, era cierto que había recibido ofertas–. ¿Qué sentido tenía volver a sacar todo aquello a la luz?

Después de saber todo lo que ella había sufrido y cómo había reaccionado, Santiago se avergonzó al pensar en cómo la había juzgado... ¿Cuántas personas habrían hecho lo mismo?

–Además, los que me importaban sabían que no había hecho nada malo. Mi familia se portó muy bien. Me apoyó en todo momento. Sé que leer todo aquello sobre mí fue difícil, sobre todo porque mi padre y yo no nos hablábamos desde hacía tres años, pero cuando...

–¿Tu padre te dejó de hablar? Creía que estabais muy unidos.

–Lo estábamos, pero eso no significa que no discutiéramos. Mi padre tenía planes para mí, pero yo quería hacer algo distinto.

–¿Te echó de casa? –Santiago frunció el ceño. Como padre no se imaginaba una situación en la que pudiera dar un ultimátum con el que pudiera arriesgarse a perder a su hija.

Ella asintió.

–Por eso empecé a trabajar de modelo. Mi padre educó a sus hijos para que fueran independientes y fuertes, o eso era lo que decía.

–¿No opinas lo mismo?

Lucy soltó una carcajada.

–No, es más o menos lo que opinas tú. Yo a veces intento conformarme.

–¿Sugieres que soy como tu padre...?

Lucy soltó otra carcajada. Le acarició el torso y se lo besó.

Santiago intentó no dejarse llevar por la excitación.

–Supongo que los dos compartíais lo que comparten los hombres poderosos con principios.

–Así que crees que nuestros principios son un poco raros.

–No están mal –admitió ella.

–¿Y qué entendía tu padre por «fuerte»?

–Alguien que nunca admite que está equivocado... que no llora y... bueno, creo que su manera de enseñarnos a nadar resumía su actitud frente a la paternidad.

–¿Hablas en serio?

–Sí, nos lanzaba a la parte profunda de la piscina y, o nadábamos o nos ahogábamos. Por supuesto, no iba a permitir que nos ahogáramos... Si era necesario, nos lanzaba un salvavidas.

–¿Y tú lo necesitaste? –se la imaginó de pequeña tratando de complacer a su padre y de estar a la altura de sus hermanos.

–No, llegué al bordillo como pude.

–¿Y lo que no te mata te hace más fuerte...?

Lucy esbozó una sonrisa.

–O, en tu caso, valiente.

Lucy percibió admiración en su voz y pensó: «Si tú supieras...». Si llegara a conocer a la verdadera Lucy, se sentiría decepcionado, pero no le preocupaba porque no lo haría.

–Me asusté –admitió.

–¿Cuándo?

–Me asusté mucho ante la idea de ser terrible en la cama –era curioso, después de haber ocultado sus sentimientos durante tanto tiempo los estaba expresando sin pensar.

Él le acarició la mejilla y notó que temblaba. La miró con una sonrisa y dijo:

—Has estado muy bien.

Ella bajó la mirada con timidez.

—Comprendo que después de lo de Mulville no quisieras tener ninguna relación, pero estoy seguro de que antes hubo chicos que... —todavía no podía comprender que una mujer tan sensual pudiera haber llegado virgen a su cama.

—Salí con algunos cuando era más joven, pero mi padre los asustó.

—La idea de que Gabby traiga chicos a casa hace que me ponga a sudar.

Ella se rio y le lanzo la almohada a la cabeza.

—Tendrás que preocuparte cuando veas que no los trae.

Él sonrió.

—Tienes razón.

—¿Y cuando eras modelo no tenías una fila de hombres esperándote en la esquina? Me resulta difícil creerlo.

—Te sorprenderá, pero sí salí con algunos. Al final, siempre eran chicos que querían una mujer trofeo para lucirla delante de sus amigos y yo no quería ser el florero de nadie. Los chicos listos piensan que una modelo es inalcanzable o que no tiene dos dedos de frente. Una vez pensé en buscar en... —se sonrojó levemente—, pero me eché atrás. Me parecía demasiado frío. Supongo que te parecerá una ridiculez.

Santiago pensó en la mujer con la que se había acostado por última vez ese año y no pudo recordar su cara. Era probable que ella tampoco recordara la suya. Durante un momento, casi sintió envidia de Lucy.

—No, no es ridículo...

–Además, tampoco me suponía un problema. Supongo que porque no sabía lo que me perdía –ya lo había descubierto, pero le resultaba difícil imaginarse que pudiera ser igual con cualquier otro hombre.

–Y ahora ya lo sabes.

Lucy asintió y lo miró a los ojos.

–Nunca he sido el primer hombre de una mujer... –no le gustaba la idea de que pudiera haber sido el segundo, o el tercero. Nunca había experimentado el deseo desenfrenado que percibía cuando miraba a Lucy. Era pura química, y comprendía por qué la gente que se veía afectada por esa incesable pasión llegaba a confundir el deseo con el amor.

Por suerte, él no corría el riesgo de cometer ese error.

–Me alegro de que fueras el mío... Me ha gustado mucho.

–¿Te parece que somos compatibles?

Lucy asintió y se preguntó cómo terminaría aquello.

–¿Vas a estar aquí algún tiempo? ¿Hay algún motivo por el que no deberíamos seguir siendo compatibles?

–¿Te refieres a mantener relaciones? –el sexo ocasional nunca le había parecido atractivo, pero no iba a desaprovechar la oportunidad de que Santiago le demostrara lo que se había estado perdiendo. Estaba totalmente enganchada y lo deseaba de verdad.

–¿Buscas algo más?

Lucy se resistió a decirle lo que sabía que él quería oír, o lo que se suponía que debía decir una chica en su situación. Por lo tanto, contestó con la mayor sinceridad posible... Si hubiera sido completamente

sincera, habría admitido que estaba dispuesta a aceptar todo lo que él estuviera dispuesto a ofrecerle, pero
todavía le quedaba algo de orgullo.

–No sé lo que estoy buscando, pero supongo que
después de esto... –miró las sábanas revueltas–, las
citas románticas y las flores no serán necesarias con
alguien tan fácil como yo.

–Yo no te llamaría fácil, Lucy. Y yo no tengo citas
románticas. Además, no le he regalado flores a ninguna mujer desde que mi esposa murió.

–Quieres decir que no has hecho esto desde... No,
por supuesto que no –murmuró avergonzada por la
confusión.

–No, no he mantenido el celibato, eso no va con
mi personalidad. He tenido amantes, pero ninguna
que esperara flores o citas románticas.

–¿No querrás decir que te acuestas con...? –Lucy
se calló y se sonrojó.

Él le acarició la mejilla y ella se estremeció. Ninguna mujer había respondido a sus caricias de esa
manera. Sonriendo, negó con la cabeza.

–Si me acuesto con... –se calló y retiró la mano–.
Nunca he tenido que pagar para tener sexo, Lucy
–dijo él, sin estar seguro de si ese comentario lo ofen-
día o le parecía divertido.

–No quería decir que te hiciera falta pagar para...
Es evidente que puedes conseguir a la mujer que desees.

En esos momentos, la deseaba a ella.

–Solo pensé que a lo mejor... Una vez leí una historia en la que el protagonista, después de que mu-
riera su esposa, solo se acostaba con prostitutas porque así pensaba que no era infiel a su recuerdo...

–No busco nada permanente, Lucy.

–No, por supuesto que no. Nunca pensé que tú... Yo... Esto ha sido...

–Ven aquí y te demostraré lo que quiero decir.

Lucy dejó de hablar y lo miró aliviada al ver que había deseo en su mirada.

–¡Sí, por favor!

Una semana después habían mantenido muchos encuentros sexuales, aunque Lucy solo se había quedado a dormir con él un día. Y no porque él se lo pidiera, sino porque se había quedado dormida y se había despertado a las cinco de la mañana.

Había necesitado mucha fuerza de voluntad para resistirse a los persuasivos argumentos que había empleado Santiago para que se quedara más tiempo. Así que, cuando se vistió para regresar a la finca y besó a Santiago en la mejilla antes de marcharse, él no se quedó contento.

Lucy no estaba segura de por qué le parecía tan importante que Harriet no se enterara de que había pasado la noche con él. No era que se sintiera avergonzada. Después de todo, el sexo ocasional no era delito y la otra mujer no era una puritana. Además, Harriet debía de saber que tenía algo con Santiago porque en las comunidades pequeñas no había secretos.

No obstante, su amiga nunca sacó el tema. ¿Quizá esperaba que lo hiciera ella? ¿Y qué podía decirle? Santiago y ella no eran pareja. Aunque Lucy suponía que, mientras durara su aventura, tendría exclusividad. De pronto, se percató de que podía no ser así.

La idea de que Santiago pudiera pensar en otras mujeres mientras estaba con ella, hizo que sintiera un nudo en el estómago... La idea de que pudiera estar con otra mujer y después acercarse a ella...

Lucy llegó a los establos y se apoyó en la puerta. Cerró los ojos y, cuando sintió una náusea, se estremeció.

La náusea era real. Por suerte, la puñalada que sentía en el pecho no lo era. Lucy apenas reconocía los sentimientos que experimentaba... Apenas se reconocía. Respiró hondo y se metió en el establo. Cuando viera a Santiago, sacaría el tema.

De pronto, oyó unos gemidos y corrió hasta la última casilla. El animal que estaba allí tumbado parecía nervioso. Era una burra que se había puesto de parto y, al parecer, algo no iba bien.

Lucy se arrodilló junto al animal y trató de tranquilizarlo. Después, corrió hasta la casa y llamó al veterinario. Intentó mantener la calma al escuchar la respuesta que le dio la esposa.

—¿Y cuándo cree que va a volver?

Al no obtener una respuesta concreta, Lucy le pidió que le dijera al veterinario que, por favor, la llamara en cuanto regresara.

Si al menos Harriet estuviera allí... Una vecina la había llevado al médico y, al menos, tardaría una hora en regresar.

Una hora era demasiado tiempo...

Sin pensar en lo que estaba haciendo, marcó el número privado de Santiago.

—No sé por qué te llamo... supongo que estarás ocupado y...

Santiago se alegró al oír su voz. Nunca se imaginó que la voz de una mujer pudiera producirle tanto placer. De pronto, al percibir que Lucy parecía asustada, se puso nervioso.

—No estoy ocupado —dijo él, y cerró el ordenador mientras miraba el helicóptero con el que había ido a la reunión que ya había cancelado dos veces para poder ocuparse también de su vida amorosa.

«O vida sexual», rectificó en su cabeza. La vida amorosa requería mucho esfuerzo. Él se conformaba con tener vida sexual.

La química que había entre ellos era tan fuerte que él había pensado que pronto se extinguiría, sin embargo, cada vez era más intensa. Además, Lucy lo hacía reír en la cama, y fuera de ella.

—No sé por qué te llamo —le dijo Lucy—, pero no sabía a quién llamar... —hizo una pausa. «Cuando me siento mal o tengo un problema, tu voz me tranquiliza». ¿Se habría enamorado?

Le flaquearon las piernas y tuvo que sentarse.

—Me alegro de que me hayas llamado. Ahora, respira hondo y cuéntame qué pasa.

«¿Aparte de que me he enamorado de ti?», pensó, antes de contarle lo sucedido con voz temblorosa.

¿Cómo podía estar enamorada de alguien a quien, en un principio, creía odiar? En realidad, nunca había sentido indiferencia hacia él, puesto que Santiago no era un hombre que inspirara indiferencia. Respeto y admiración, sí. Y ella lo admiraba, no porque fuera rico y poderoso, sino porque era un hombre que deseaba ser un buen padre, un hombre que se preocupaba por su hermano, un hombre que se ponía metas muy altas, pero que transmitía tristeza... ¿Dejaría de sentirse responsable por la muerte de su esposa alguna vez?

La tensión que Santiago había acumulado se desvaneció de golpe cuando oyó lo que pasaba.

—¿Se trata de una burra? —preguntó aliviado, mientras se borraban de su cabeza las imágenes en las que Lucy aparecía en peligro.

Al oír que hablaba con tono de risa, ella se enfadó:

—¿Te estás riendo de mí?

—No, no... Estaré ahí en menos de cinco minutos.

Lucy colgó el teléfono.

Momentos después, Lucy vio que un helicóptero aterrizaba a poca distancia de la finca.

Santiago atravesó el prado hacia donde se encontraba ella. Estaba muy atractivo con su traje gris y su corbata roja de seda.

Sin perder el tiempo, le indicó:

—Llévame hasta allí.

Dentro del establo, Santiago se quitó la chaqueta y el reloj, se arremangó la camisa y se arrodilló junto al animal.

Acarició a la burra y susurró para tranquilizarla.

—Se llama Bonnie —dijo Lucy.

—¿Como Bonnie y Clyde?

Lucy lo miró un instante.

—Parece que sabes lo que estás haciendo —dijo ella, impresionada con la manera en que examinaba al animal.

Él levantó la cabeza y le dedicó una amplia sonrisa.

—Soy todo lo que tienes, así que espero que sea

verdad, querida –de niño había visto nacer a los po-
tros, y a veces había ayudado durante el parto–. Supongo que un burro es parecido a un caballo. Lucy,
necesito agua y jabón.

Ella asintió y se marchó. Al cabo de un momento
regresó con lo que él le había pedido.

–¿Hay algo que pueda hacer?

–Ya te lo diré. Ya ha hecho el trabajo duro. Solo
necesita un poco de ayuda, ¿verdad, bonita? Creo que
podré sacarle las patas.

Lucy se retiró un poco y observó cómo se quitaba
la camisa y metía los brazos en el cubo de agua.

Lucy se miró las manos. Necesitaba hacerse la
manicura, y también un poco de autocontrol. Dadas
las circunstancias, no le parecía adecuado fijarse con
deseo en su espalda musculosa.

–Es un chico.

Lucy miró a tiempo de ver cómo la burra limpiaba
a su cría mientras el pequeño intentaba ponerse en
pie.

Se le llenaron los ojos de lágrimas.

–Es tan bonito...

–Sí, muy bonito.

Algo en su voz hizo que Lucy volviera la cabeza.
Descubrió que Santiago, que se estaba secando las
manos en su chaqueta, no miraba al recién nacido,
sino a ella.

Se sonrojó y notó que le daba un vuelco el corazón.

–Eres brillante. Te estoy muy agradecida –dijo
ella.

–Hago lo que puedo. En realidad, no he hecho
mucho.

«Aparte de abandonar una reunión con una docena de ejecutivos, subirse a un helicóptero y estropear un traje caro para ayudarme», pensó ella.

—Has sido muy amable.

Era probable que las mujeres que habían compartido su cama, y a las que les había dicho más de una vez que la única mujer por la que modificaría su agenda era su hija, opinaran de otra manera.

Lucy lo observó mientras se ponía la camisa.

—Me alegro de haber regresado aquí esta mañana —dijo, recordando que había estado a punto de quedarse con Santiago.

Él la miró.

—Estabas preocupada por el animal, por eso no querías quedarte... —ninguna mujer le había rechazado una invitación para permanecer en su cama, pero no era la frustración sexual lo que le molestaba, sino algo más profundo.

Si una aventura sexual con Lucy no llegaba a satisfacerlo por completo, ¿qué más necesitaba?

Aquello era algo desconocido para él y quería aclarar sus sentimientos antes de compartirlos con Lucy... Si los sacaba a la luz, ya no tendría vuelta atrás. Otras personas habían pagado por los errores que él había cometido en el pasado y no permitiría que eso volviera a suceder.

«Se llama miedo», se mofó una vocecita interior.

—Te lo dije —repuso Lucy, fijándose en su torso musculoso y notando que se le humedecía la entrepierna.

—¿Ah, sí? —le retiró un cabello del rostro y la besó en el cuello.

Lucy se estremeció.

–Sí, te lo expliqué.

–Puede que no te escuchara. Estaría concentrado en otra cosa –susurró contra su boca.

–Quería quedarme –dijo ella después de que la besara–. Pero yo...

Santiago respiró hondo y se separó de ella.

–Sé que te has comprometido con tu amiga y lo respeto, pero la situación no va a ser siempre así. Cuando le quiten la escayola y estés libre...

–¿Sí? –preguntó ella con el corazón acelerado.

–Entonces, revisaremos la situación.

Lucy se sintió como si le hubieran echado un jarro de agua fría, y todo era culpa suya por haberse creado falsas expectativas al enamorarse de él. No podía esperar que él sintiera lo mismo por ella.

–Estupendo, estoy impaciente –dijo con indiferencia mientras recogía el cubo de agua y se marchaba con la cabeza bien alta.

Él la alcanzó en la puerta.

Lucy notó su mano sobre el hombro y se volvió.

–¿He hecho algo que te haya molestado?

Lucy se encogió de hombros y no lo miró a los ojos.

–No, nada.

Maldiciendo en silencio, Santiago la siguió al jardín y se paró en seco al ver que Lucy también se había detenido.

–No me lo puedo creer –dijo ella.

–Creo que en términos militares se llama ataque a tres bandas –en términos personales, se llamaba demasiada gente. Santiago vio bajar a su hija del todoterreno del capataz, al veterinario de su coche y a Harrriet del coche de su vecina.

Consiguió retener a Gabby hasta que el veterinario examinó a la burra y al burrito recién nacido y dijo que ambos estaban bien. Entonces, la niña llevó a Lucy dentro del establo y, Santiago, a quien le hubiera gustado entrar en el establo con Lucy, pero no para ver los burritos, las observó mientras Harriet le hacía miles de preguntas que indicaban que Lucy no había hablado con ella acerca de su relación.

¿No decían que las mujeres siempre lo contaban todo? Al parecer, Lucy era una excepción.

Se excusó en cuanto pudo, y entró a recoger a su hija.

Gabby estaba sentada en la barandilla de la caseta mirando a los animales. A veces, el amor que sentía por su hija lo dejaba sin habla, y ese era uno de esos momentos.

Lucy se percató de su presencia antes de que Gabby lo hiciera. Al ver cómo miraba a su hija, se le formó un nudo en la garganta... Se sintió como una intrusa observando un momento íntimo, pero antes de que pudiera mirar hacia otro lado, él volvió la cabeza y sus miradas se encontraron.

—Eso es lo que quiero ser.

La alegre voz de Gabby rompió el hechizo. Lucy se percató de que le temblaban las manos y se las metió en los bolsillos.

—¿Un burro? —bromeó Santiago.

—No, ¡tonto! Veterinaria.

—Estoy seguro de que podrás ser lo que te propongas, pero por ahora creo que deberíamos dejar tranquilos a la mamá y a su bebé.

—¿De verdad?

—De verdad.

Gabby suspiró.

–Está bien –corrió hacia Lucy y la abrazó.

Lucy la abrazó también.

–Vas a venir a cenar esta noche, ¿verdad?

Lucy miró a Santiago sin saber qué decir.

–He invitado a Lucy a cenar –anunció Gabby.

–Ya lo veo.

–Creo que voy... –dijo Lucy.

Santiago la interrumpió.

–Es una buena idea.

–¿Lo es? –preguntó ella, asombrada.

Santiago sonrió.

–Ojalá hubiera sido mía... ¿A las siete y media?

Abrumada, Lucy asintió:

–De acuerdo.

–Lucy me cae fenomenal –le confesó la niña mientras cruzaban el jardín.

«A mí también...», pensó él, frunciendo el ceño.

–Sabes que Lucy tiene su propia vida, ¿no? No va a quedarse aquí para siempre, Gabby.

–¿Por qué?

–Bueno, porque... Es así.

–Falta mucho para que se vaya.

–Sí, falta mucho.

Cuando Lucy llegó a la hora de cenar, Josef la llevó hasta el salón y le sirvió una copa de vino. Al cabo de un momento, entró Gabby.

–¡Necesito tu ayuda!

–Así que tenías un motivo para invitarme a cenar.

–Esto es serio... ¡Estoy hablando de mi futuro!

–Lo siento –dijo Lucy con expresión grave.

–Odio mi colegio.

–Ya me lo has dicho.

–No quiero regresar el próximo semestre. He estado investigando un poco y creo que esta es la solución –le entregó un folleto a Lucy–. Solo está a media hora en coche, cinco minutos en helicóptero, y podría volver aquí los fines de semana.

–Parece que has pensado en todo.

–Tienen un nivel académico muy bueno, y un departamento de Arte estupendo. Eso es importante, porque es lo que quiero ser si no soy veterinaria... Eso no se lo contaremos a papá, solo le hablaremos de la parte académica y le diré que lo echo mucho de menos, porque es verdad.

–¿Le hablaremos?

–Lo harás tú, en realidad, a mí no me escuchará, pero...

–Oh, no, Gabby, me encantaría ayudarte, pero no puedo. Es algo entre tu padre y tú. No le gustará que yo me inmiscuya.

A Gabby empezó a temblarle el labio inferior.

–Por favor –dijo la pequeña.

–Ojalá pudiera, Gabby, pero deberías hablar con tu padre.

–¿De qué debería hablar con su padre?

Lucy cerró los ojos y maldijo en voz baja. Aquello se estaba convirtiendo en una costumbre. Iba a tener que ponerle un cascabel en el cuello para oírlo llegar.

Gabby le quitó el folleto a Lucy y se lo lanzó a su padre.

–Sé que dirás que no, pero solo para que sepas que

me has destrozado la vida –salió corriendo de la habitación.

–¿De qué va todo esto? –preguntó Santiago, hojeando el folleto–. ¿Dónde ha oído hablar de St. Mary? Es uno de los dos colegios que he estado mirando. Bueno, es evidente que a Gabby no le gusta el otro sitio –comentó al ver que Lucy lo miraba con sorpresa–. He estado mirando opciones y este colegio está lo bastante cerca como para que pueda venir el fin de semana.

–Parece perfecto –dijo Lucy–. ¿Qué tal es el departamento de Arte?

–Excepcional –respondió él. Se acercó a ella y le puso las manos sobre los hombros–. ¿A qué viene todo esto?

–Las niñas a esa edad tienen las hormonas a pleno rendimiento.

–¡Dios! –exclamó horrorizado.

–Nada que no se pueda arreglar con una pequeña conversación.

–Más tarde. Esta noche estás muy guapa –la miró–. Y yo también tengo hormonas –deseaba quitarle la ropa y tumbarla sobre la alfombra–. No cenaremos hasta dentro de un rato –murmuró.

Lucy ya estaba temblando a causa del deseo.

–Tienes que ir a hablar con Gabby.

Santiago se pasó la mano por el cabello.

–Lo sé... Parece que siempre me equivoco en lo que digo.

–Eres un padre estupendo, Santiago.

–¿Lo soy?

Ella asintió.

–Gabby es encantadora, pero cometerá errores y no siempre será por culpa tuya.

Consciente de que él la miraba con una expresión extraña, y preguntándose si iba a advertirle que se había metido donde no la llamaban, Lucy se sorprendió cuando lo oyó decir:

—Algún día serás una gran madre.

«No para tus hijos», pensó ella con tristeza.

—Deséame suerte y recuérdame por dónde íbamos.

—Buena suerte —ella consiguió contener las lágrimas hasta que él se marchó.

Cuando regresó, ella había conseguido sonreír otra vez. Santiago la besó apasionadamente y, cuando terminó, Lucy lo agarró de la mano y lo llevó hasta el panel secreto donde se ocultaba la escalera que subía hasta el cielo.

Capítulo 12

GIANNI y Miranda. Es una boda familiar –Lucy miró a Santiago con frustración–. ¿Has escuchado algo de lo que te he dicho?

Santiago cerró el ordenador y se volvió hacia ella. Lucy estaba mirando al perro que se había tumbado a sus pies.

–Ese animal no debería estar dentro. Tú le permites todo.

Lucy acarició al animal e hizo una mueca.

–Las normas están para romperse.

–Las normas están para que las cosas funcionen.

Ella sonrió, provocando que por un instante, él se olvidara de respirar. Era la mujer más bella y deseable que él había visto nunca.

–Entonces, ¿te vas esta mañana? –dijo él. Durante la última semana tenía la sensación de que ella le estaba ocultando algo. ¿Sería el viaje? ¿Y por qué?

Santiago frunció el ceño con desaprobación. Ya estaba de bastante mal humor, consecuencia directa de que Lucy hubiera decidido pasar la noche anterior en la finca y no en su cama. Y la sorpresa que acababa de darle no lo ayudó a que mejorara su humor. Probablemente, había pasado la noche recogiendo sus cosas para el viaje. Un viaje que ni siquiera había mencionado.

–Regresaré el viernes, antes del gran día.

−¿El gran día?

−A Harriet le quitan la escayola el próximo lunes y pensamos celebrarlo −después, ya no tendría motivo para quedarse.

Era algo en lo que prefería no pensar. Después de todo, ¿para qué iba a estropear el regalo que estaban a punto de hacerle? Santiago nunca había revaluado la situación. Y Ramón le había contado a Lucy que Santiago siempre acababa las relaciones con un regalo... Si era eso lo que iba a hacer, se lo tiraría a la cara.

−¿Tan pronto?

No podía marcharse.

Santiago había pasado las últimas semanas disfrutando el presente y tratando de no pensar en el futuro. Un futuro que nunca había imaginado que querría compartir con una mujer y, sin embargo, en esos momentos no podía imaginarse un futuro en el que Lucy no estuviera presente.

Perder a Lucy sería como perder una parte de su cuerpo. ¡La mejor parte!

«Tan pronto» era lo que Lucy había pensado al ver la fecha rodeada en el calendario.

−No es tan pronto... han pasado casi dos meses.

Dos meses durante los que había dormido con ella entre sus brazos, y escuchado su voz día y noche. La idea de no... Santiago respiró hondo. No le gustaba nada la idea.

Se hizo un silencio.

«¿Qué esperabas, Lucy?», se mofó de sí misma. «¿Que de pronto descubriera que no puede vivir sin ti? ¿Que te suplicara que te quedaras a su lado?».

Ella sabía que para Santiago aquello solo tenía que ver con el sexo. Para ella había sido lo mismo en un principio, pero había cambiado durante las últimas semanas y se había dejado llevar por los sueños y la esperanza.

—Creo que Harriet se sentirá aliviada. Ha comenzado a dejar cosas por el suelo para recordar cómo era su hogar. Dice que soy una loca de la limpieza.

—Estás mejorando –murmuró él–. Ya no sales de la cama para doblar tu ropa justo después de que hayamos hecho el amor.

«No le des importancia, pero ha dicho hacer el amor».

—¿Perdona?

Él arqueó una ceja y Lucy se sonrojó, provocando que él se riera.

—A veces me olvido de que eras... En el fondo, sigo pensando que sigues siendo una mujer virgen y vergonzosa.

Ella miró a otro lado para tratar de disimular su decepción.

—Tengo que irme.

—¿Regresas el viernes? –repitió él. «Tienes dos días para saber qué quieres, Santiago. Dos días infernales sin Lucy».

Ella asintió.

—Dos días... apenas merece la pena.

Lucy lo miró asombrada.

Lo decía el hombre que la semana anterior había volado a Australia, que había pasado dos horas en una reunión y que había regresado porque, según él, tenía una agenda muy ocupada esa semana.

Su ocupada agenda no había evitado que pasara todas las noches con ella, y no parecía haberse cansado. Ella se llevó la mano al vientre y notó cómo se le tensaba la musculatura. El recuerdo del día que regresó todavía hacía que una oleada de calor la invadiera por dentro.

Ella estaba en los establos de la finca, apoyada en un cepillo y contemplando el resultado de su trabajo cuando oyó que se cerraban las puertas.

Cuando se volvió y vio la silueta de un hombre, dejo caer el cepillo contra el suelo.

—¿Santiago?

—¿Esperas a alguien más?

Lucy fue incapaz de disimular que estaba encantada de verlo. Corrió hacia él y lo abrazó. Santiago la alzó en vilo y la besó.

—Esto es lo que yo llamo un buen recibimiento —dijo él, cuando se separaron para respirar.

—Pareces cansado.

Él se acarició la barbilla y sonrió.

—Ahora ya sabes por qué nunca dejo que me veas sin maquillaje.

—Qué gracioso... —Lucy protestó cuando él la tomó en brazos y la llevó hasta donde estaban las balas de heno.

Su corazón latía con fuerza cuando él la tumbó y se arrodilló a su lado.

—Esto no es apropiado, Santiago.

—Tu boca... una boca deliciosa —susurró él, mordisqueándole el labio inferior—. Tu boca dice una cosa y tus ojos otra... Admítelo, me deseas aquí y ahora.

Si alguna vez se enterara de cuánto, ella estaría metida en un buen lío.

—Estoy trabajando...

Santiago la besó acallando el resto de su protesta.

—Creía que te gustaba que fuera inapropiado...

La mano que le acariciaba la entrepierna por encima de los vaqueros era inapropiada y maravillosa a la vez.

–Me gusta... –admitió ella–, pero puede entrar alguien y...

–¿Y qué pasaría? –la miró a los ojos. Sin decir palabra, la sentó y le quitó el jersey. Después, le soltó la cinta que sujetaba su melena y le acarició el cabello para colocárselo alrededor del rostro.

Lucy se estremeció.

–Bonito –dijo él, mirando el sujetador rosa que llevaba–. Pero esto es mucho más bonito –añadió mientras se lo desabrochaba y contemplaba sus senos redondeados.

Inclinó la cabeza y le cubrió uno de los pezones con la boca, provocando que el placer la invadiera por dentro.

Lucy le acarició el cabello y le sujetó la cabeza para que no se separara de sus senos hasta que ambos quedaron tumbados sobre el heno.

Apenas habían pasado treinta y seis horas desde que habían mantenido relaciones, pero por la manera en que ambos se quitaban la ropa parecía que estaban hambrientos de deseo. Él la poseyó como si fuera la última gota de agua del desierto y estuviera sediento.

Y Lucy deseaba que la devorara. Deseaba darle lo que él anhelaba... rendirse ante él y ante el deseo que corría por sus venas.

Nadie había entrado en el establo, y, cuando esa noche ella comentó que él parecía inmune al jet lag, Santiago la había colocado bajo su cuerpo en la cama y le había dicho:

–Eres mi cura contra el jet lag.

Suspiró.

–¿De veras tienes que asistir a ese evento?

El tono de su voz hizo que Lucy regresara al presente.

–Quiero asistir. La familia es algo importante para mí.

Él apretó los dientes. «¿Y yo no?», pensó.

Santiago se quedó asombrado. Estaba celoso de que ella prefiriera pasar tiempo con su familia en vez de con él.

Ella lo miró mientras empezaba a guardar las cosas que acababa de sacar de la maleta en el mismo sitio.

–Espero que te lo pases bien –dijo él.

Ella asintió, tratando de comprender su actitud.

–Confiaba en que pudieras ayudarme con...

–Por supuesto –ni siquiera había ido a despedirse de él, sino a solucionar los cuidados de Harriet–. ¿Te sientes muy cercana a ese tal... Gianni?

Ella sonrió.

–Sí.

–¿Y quién es? ¿Un primo hermano? –Santiago había notado que ella hablaba con afecto de ese hombre y ya no le caía bien.

Ella se sorprendió al ver cómo le brillaban los ojos cuando mencionaba el nombre de Gianni.

–No, es mi sobrino. Aunque es mayor que yo. Su padre es mi hermano mayor. Va a casarse con la chica que está cuidando de mi casa.

Cuando Gianni le había hablado de Miranda, la pelirroja que ella había dejado a cargo de la casa, Lucy había percibido amor y orgullo en su voz. Sus buenos deseos habían sido sinceros, pero debía admitir que estaban marcados por la envidia.

–Resulta que soy una casamentera.

–Entonces, ¿ha sido una especie de romance inesperado?

Antes, Lucy habría estado de acuerdo con él, pero había descubierto que cuando una persona se enamoraba no tenía nada que ver con la intención o el deseo de que sucediera, simplemente pasaba sin más.

–Eso depende de tu definición de inesperado –agarró la maleta, comenzó a caminar hacia la puerta y se detuvo para mirarlo un momento–. De hecho, me preguntaba si... Quedan algunas plazas en el vuelo y la invitación es para mí y un acompañante.

Él arqueó una ceja y la miró sin decir nada.

–¿Te gustaría venir?

Ya estaba. Lo había dicho. Después de haberse pasado la semana preguntándose si debía hacerlo, lo había hecho. ¿Y por qué no? Tampoco pasaba nada si él rechazaba la invitación.

¿A quién trataba de engañar? Claro que pasaba algo si él decía que no. Y, si aceptaba, sería la primera vez que los verían en público como pareja... ¿Eran una pareja? El problema era ese, que Lucy ni siquiera lo sabía y se había hecho esperanzas. Había empezado a pensar en la posibilidad de compartir el futuro con él.

«¿Basándote en qué, Lucy?». Se había quedado a pasar la noche en su casa varias veces, incluso tenía un cepillo de dientes en su baño y un cajón para su ropa, pero todo era algo informal.

La intimidad, el lujo de no pensar antes de actuar o hablar, no iba más allá del dormitorio o de donde hubieran hecho el amor. El sexo era increíble y, gracias a él, ella había descubierto una parte de sí que ni siquiera conocía, abriéndose a todo un mundo de placeres sensoriales.

Sin embargo, nunca había sido capaz de separar la parte física de la emocional, y eso no había cambiado. Durante un tiempo, se había negado a reconocer lo evidente. Solo había sido capaz de entregarse a él sin reservas porque, aunque se había dejado llevar por el deseo, ese deseo se había convertido rápidamente en amor.

Santiago era el amor de su vida y ella no era capaz de ser objetiva. Se sentía como si estuviera atrapada en un torbellino emocional y no encontrara la salida.

–Me estás invitando a esa boda... hoy... –dijo él, mirando hacia otro lado.

Ella sabía que esa podía haber sido su respuesta. Había corrido el riesgo de preguntárselo y tenía que aceptarlo.

–Está bien, no pasa nada, no te preocupes. Sé que es muy precipitado y que estás ocupado –ya estaba. No le había hecho ninguna escena y le había facilitado una escapatoria. «Un gesto de madurez para ser yo».

No se sentía nada madura.

–No te he contestado que no.

Ella sonrió y pensó: «Pero vas a hacerlo».

Santiago se miró el reloj que llevaba en la muñeca.

–Dame quince minutos.

Sin esperar su respuesta, él salió de la habitación y cerró la puerta.

Se había recuperado rápidamente, pero ella había percibido su expresión de sorpresa. Le resultaría difícil borrar aquel recuerdo humillante. Lo más seguro era que necesitara quince minutos para ultimar los detalles de una buena excusa... Ella no tenía motivo para quedarse a escucharlos.

Capítulo 13

LUCY vio un espacio vacío durante la tercera vuelta que daba al aparcamiento del aeropuerto. Suspiró aliviada y avanzó con intención de meterse marcha atrás en el hueco, justo cuando el chico que iba en el vehículo de detrás se metió en él.

Enfadada, Lucy salió del coche al mismo tiempo que el otro conductor. Se disponía a decirle algo cuando el hombre se encogió de hombros como diciendo «Todo vale cuando se trata de amor y espacios de aparcamiento».

–¿Qué sentido tiene? –se preguntó a sí misma.

Cuando estaba a punto de meterse en el coche se fijó en que los vehículos que se habían detenido detrás del suyo estaban pitando. «¿Qué diablos?», pensó. Agarró la bolsa donde llevaba el vestido para la boda y comenzó a alejarse del coche a toda velocidad.

De pronto, un guarda uniformado salió corriendo tras ella, amenazándola con que la grúa se llevaría el vehículo si lo dejaba mal aparcado.

Ella se detuvo, se volvió y, encogiéndose de hombros, le lanzó las llaves al guarda.

El hombre las atrapó al vuelo, quedándose boquiabierto.

Lucy le gritó:

–Haga lo que quiera con él –enderezó la espalda,

alzó la barbilla y caminó con seguridad entre los vehículos aparcados.

¿Qué era lo peor que podían hacerle? ¿Detenerla? Solo si podían pillarla, así que empezó a correr.

Tenía que llegar a esa boda como fuera. Finalmente, llegó a la terminal.

Una vez allí, miró el panel informativo y vio algo que hizo que se pusiera a llorar por puro nerviosismo.

–Lo siento... lo siento... –les dijo a todos aquellos que la miraban mientras intentaba controlar el llanto–. No puede salir con retraso.

–Me temo que ... –le dijo una azafata con una sonrisa de profesional.

–No, no lo comprende –la interrumpió Lucy–. No puede salir con retraso. Tengo que llegar a esa boda... –se calló. La mujer no estaba escuchándola y ya estaba mirando hacia otro lado. Otras personas seguían mirándola, ¿a lo mejor la habían reconocido?

Lucy suspiró, se colocó la bolsa de viaje en el hombro y metió las manos en los bolsillos de los vaqueros. Trató de controlar su paranoia. «Solo porque estés paranoica no significa que alguien te esté siguiendo», le dijo una vocecita interior.

«Deja que te miren», pensó ella, alzando la barbilla. Si algo había aprendido en las últimas semanas, era que había pasado cuatro años escondiéndose bajo el pretexto de que tenía una vida sencilla. Ya no volvería a hacerlo... Quizá Santiago se avergonzara de que lo vieran en público con ella, pero ya no pensaba esconderse más... Después de todo, nadie podría herirla más de lo que él la había herido. El hecho de que ella se hubiera expuesto abiertamente a ese sufrimiento, no hacía que fuera menos doloroso.

Lucy enderezó la espalda, levantó la cabeza y se alejó haciendo unos cálculos mentales... ¿Cuánto tiempo podía retrasarse el vuelo para que realmente llegara tarde a la boda? La respuesta no era buena. Tenía un margen muy pequeño, una hora y media o dos como mucho.

Lucy sabía que debía llamar a casa para avisar de que a lo mejor llegaba tarde, pero eso sería como admitir su derrota y no estaba dispuesta a hacerlo. Lo que necesitaba era un café.

Estaba a punto de llegar a la cafetería cuando vio su imagen reflejada en un cristal. Se detuvo en seco y suspiró horrorizada. Si la gente la miraba no tenía nada que ver con que la hubieran reconocido, sino con que tenía todo el maquillaje esparcido por las mejillas.

Sacó un pañuelo del bolso y comenzó a limpiarse la cara tratando de ver el resultado en el cristal. Decidió que el café tendría que esperar y se dirigió al baño más cercano.

Estaba a punto de entrar cuando vio a la pareja. La mujer llevaba un traje estilo Chanel y un collar de perlas. El hombre tenía el pelo cano y llevaba un traje y un abrigo elegante.

Lucy se quedó paralizada. Deseaba salir corriendo, pero era incapaz de moverse.

La mujer la vio primero... Barbara. Lucy siempre se había preguntado si realmente conocía la verdad sobre el hombre con el que vivía o si había preferido ignorarla.

No había duda acerca de que la mujer la había reconocido. La mujer tiró de la manga del abrigo de su marido y, cuando él le prestó atención, su expresión era de impaciencia.

La mujer empezó a hablar señalándola con el dedo. Estaba demasiado lejos como para saber lo que decía. Al cabo de unos segundos, el hombre levantó la cabeza y miró hacia donde señalaba su mujer.

Entonces, se dirigieron hacia ella.

La escena podía haberse sacado de una de las pesadillas recurrentes que Lucy solía tener, solo que de pronto no se sentía nerviosa ni avergonzada. Una extraña sensación de calma se apoderó de ella. Estaba temblando, pero era de rabia. Había permitido que aquel hombre le robara parte de su vida, pero ya se había terminado.

Con el corazón acelerado, tomó la iniciativa y se dirigió hacia ellos con decisión. Alzó la cabeza y caminó contoneando las caderas, mostrando el poderío femenino que había descubierto que tenía gracias a Santiago.

Santiago no tenía tiempo para sentir pánico, pero cuando regresó y vio que Lucy se había marchado experimentó algo muy desagradable. Ni siquiera le había dejado una nota. Había desaparecido sin más.

Le había pedido que le diera quince minutos. ¿Era mucho pedir? Apretó los dientes con furia. Había pasado los quince minutos reorganizando una reunión que había tardado semanas en programar. Habían viajado banqueros de todo el mundo para asistir a ella y sabía que se jugaba mucho si la cancelaba.

Aun así, lo había hecho.

¿Por qué? Porque había reconocido que había llegado un punto de inflexión en su relación. Santiago sabía mucho acerca de los puntos de inflexión. Normalmente, solía huir antes de que se produjeran. Esa vez no lo había evitado.

Entonces ella le había pedido que conociera a su familia. Y en lugar de escapar, su instinto le decía que debía acompañarla.

Él había prometido que nunca volvería a ponerse en una situación donde tuviera que ser responsable de la felicidad de otra persona, pero, de pronto, esa responsabilidad no le parecía una carga, sino un privilegio.

Puesto que ya no tenía miedo de saltar al vacío, que básicamente era lo que era el amor, se había enfrentado a sus demonios personales para descubrir que la mujer que le había animado a dar ese paso no se había molestado en esperarlo.

¿Lo habría hecho para enfurecerlo? Cuando descubrió que además había sacado un coche del garaje sin permiso, no se le ocurrió ninguna otra opción.

Lucy se había llevado el último deportivo que él había añadido a su colección. Un coche que él había descrito como «No apto para mujeres». Un comentario que había provocado que ella contestara: «Todo lo que tú haces, yo lo puedo hacer mejor». Y que él tuvo que soportar con buen humor, porque admitía que era probable que Lucy tuviera razón.

Al llegar al aparcamiento del aeropuerto se encontró con que a su coche le habían puesto un cepo y lo habían subido a la grúa. Curiosamente, en vez de enfadarse, sonrió y comenzó a reírse a carcajadas, provocando que un grupo de turistas se parara para mirarlo.

Santiago señaló hacia la grúa y dijo:

—¡Es mío!

El grupo de turistas continuó avanzando rápidamente.

Dentro de la terminal, Santiago estaba tratando de decidir por dónde empezar a buscar cuando vio a una pareja que reconoció de los artículos que había leído sobre ellos. Segundos más tarde, vio a Lucy. Su cabello rubio era inconfundible. Durante un instante, se sintió aliviado, pero enseguida le surgió el instinto protector.

Estaba a punto de intervenir cuando vio que Lucy enderezaba los hombros y avanzaba hacia la pareja con aspecto de diva y la cabeza bien alta. Mostraba seguridad en sí misma y parecía un ángel. Santiago notó que lo invadía una mezcla de orgullo y deseo. Lucy Fitzgerald era muchas cosas, pero cobarde no era una de ellas.

Santiago dudó un instante, pero decidió quedarse observando.

–Vaya, vaya... Tienes buen aspecto, Lucy.

Lucy se estremeció al sentir que él le recorría el cuerpo con su mirada lasciva.

–Denis, no... ven aquí... no merece la pena... ¡No sé cómo tiene valor para que la vean en público!

Denis Mulville miró a su esposa y se volvió hacia Lucy.

–No sientas rencor, Lucy.

Lucy miró la mano que él había extendido hacia ella y soltó una carcajada.

–Lárgate, hombre patético. No hay nada que puedas decir o hacer para herirme.

Denis la miró asombrado y dio un paso amenazante hacia ella. Acercó el rostro al de Lucy y ella hizo una mueca de disgusto. A pesar de que aquel hombre apestaba a alcohol, se mantuvo en el sitio.

–Oh, cielos, sí que has caído bajo –comentó él, mirando la ropa informal que llevaba–. Ya no eres tan especial, ¿señorita Soy Mejor que Nadie? Zorra... Yo te mostré lo que es bueno.

–Denis, por favor...

Las súplicas de su esposa cayeron en saco roto.

Denis miró a su alrededor y alzó la voz.

–Esta zorra se cree más que nadie...

–Eso es porque lo es.

La voz fría que lo interrumpió provocó que Denis retrocediera inmediatamente. Pestañeó y se fijó en el tamaño del hombre que se había colocado al lado de Lucy.

Lucy suspiró aliviada y se relajó entre los brazos que la sujetaban por detrás.

–¿Y tú quién eres, amigo?

–No soy tu amigo, y soy el hombre al que deberías estarle agradecido. Cuando uno recibe un puñetazo en público, es menos humillante si el que te lo da es un hombre, y no una mujer... –miró a Lucy y sonrió–. Lo sé, querida. Sé que tú puedes manejarlo, pero creo que él no. Y a los hombres nos gusta sentirnos necesitados –notó que a ella le temblaba la mano y la estrechó contra su cuerpo. Después, se inclinó hacia el hombre y le susurró al oído–: Si no cierras tu asqueroso pico, te lo cerraré yo.

–No puedes dirigirte a mí de esa manera.

Santiago arqueó una ceja.

–Ya ves que sí puedo. Y puesto que no deseo continuar con esta conversación, te diré que no es una amenaza ni una promesa, simplemente un hecho.

Se volvió y se dirigió a Lucy:

–El jet privado nos está esperando. Creo que tenemos que ir a una boda... Señorita, acompáñeme –le dijo, colocando una mano en su espalda para guiarla–. Buena chica –comentó sin mirarla y, al ver que ella volvía la cabeza, añadió–: No mires atrás –por primera vez, él solo miraba hacia el futuro–. Solo sonríe.

–No iba a mirar atrás y no tengo ganas de sonreír –tenía ganas de vomitar.

–Pues deberías tener ganas de sonreír. Acabas de enfrentarte a uno de tus demonios y de escupirle a la cara. Has ganado, Lucy.

–¿Verdad que sí? ¿Dónde vamos?

–Presta atención, Lucy... ¿al jet privado?

–¿Hablabas en serio? No comprendo cómo has llegado justo en el momento adecuado.

–Podría decirte que tengo poderes, pero debo admitir que ha sido gracias a la buena suerte y a unas cuantas multas –se paró y la miró–. ¿Para qué crees que he venido, Lucy?

Ella notó que se le paraba el corazón.

–No me mires así –contestó ella.

–Lucy Fitzgerald, para ser tan inteligente, a veces pareces tonta –la agarró de los brazos y dejó de bromear–. Estás temblando –maldijo entre dientes–. Sabía que debería haber estrangulado a ese bastardo.

–No es por él, es por ti.

Santiago la miró con el ceño fruncido, colocó un dedo bajo su barbilla y le levantó el rostro para que lo mirara.

–Me haces temblar cuando me tocas –al ver que a él se le iluminaba la mirada, sintió que se le encogía el estómago–. No puedo evitarlo... ¡Ay! –exclamó cuando alguien le dio con la maleta en la pierna.

–Lo siento.

Santiago se volvió y fulminó con la mirada a la persona que pasaba.

—Tranquilo, ha sido sin querer. Estoy bien.

—Yo no —admitió él—. En este sitio es imposible... —se calló, negó con la cabeza y la agarró de la mano—. Continuaremos con la conversación durante el vuelo.

—¿Hay un avión esperándonos?

—Sí.

—¿Eso significa que vendrás a la boda conmigo?

—¿Sigo invitado?

Ella sonrió al imaginarse la reacción de su familia.

—Por supuesto que estás invitado.

—Entonces, ¿a qué esperas? Se considera de mala educación llegar tarde y eclipsar a la novia.

—Oh, nunca haría tal cosa. Miranda es muy guapa —comentó Lucy mientras trataba de seguirle el paso a Santiago.

—Y lo dice alguien que es normal y corriente —bromeó él—. Eres muy modesta, Lucy. Creo que eres la mujer más bella que he conocido.

—Dudo que Gianni piense lo mismo.

—Pues yo sí lo pienso.

Una vez dentro de la sala VIP, la rodeó con el brazo y la besó apasionadamente, arqueándole el cuerpo hacia atrás.

Entonces, como si no hubiera sucedido nada, la enderezó de nuevo. El mundo daba vueltas a su alrededor y la gente los miraba. Santiago se ajustó la corbata, como si no hubiera pasado nada. Ella se acarició los labios, feliz de que la hubiera besado, pero un poco indignada de que lo hubiera hecho así en público.

—Por favor, no me distraigas, Lucy... Tenemos prisa.

–¿Que yo te he distraído...? –dijo ella, pero él continuó caminando y ella tuvo que callarse para poder seguirle el paso.

En cuanto el jet despegó, Santiago se desabrochó el cinturón de seguridad y estiró las piernas hacia delante.

–Ahora podemos continuar con la conversación.

Lucy lo miró y se abrió un poco el cuello de la blusa. En el pequeño espacio de la cabina del avión, la presencia de Santiago era sobrecogedora.

–¿Por qué no me esperaste? Te pedí quince minutos.

–Suponía que...

Él arqueó una ceja.

–Suponía que no tenía sentido esperarte cuando era evidente que ibas a decir que no.

–Evidente...

Ella se sonrojó.

–¿Cómo iba a saberlo?

–Posiblemente, teniendo el detalle de esperar.

–Está bien, siento no haberte esperado, pero no creía que fueras a decir que sí.

–Entonces, ¿por qué me lo preguntaste?

Ella miró a otro lado.

–Las bodas familiares pueden ser terribles cuando uno tiene casi treinta años y no tiene pareja. La gente intenta emparejarte con su sobrino, o con su hermano, o con el mejor amigo que acaba de divorciarse –mintió ella. Básicamente era verdad, pero no tenía nada que ver con el motivo por el que se lo había pedido.

–¿Así que me lo pediste para no quedar como una

perdedora? Sabes muy bien cómo hacer que me sienta especial, Lucy –gruñó él.

Ella bajó la vista y respiró hondo.

–Está bien, te invité porque es lo que se hace cuando se tiene un novio... –esperó a que él se riera, pero al ver que no iba a hacerlo, continuó–. Sé que no eres mi novio, pero tenemos... –«lo único que tenemos es una relación sexual. Lucy, estás quedando como una idiota»–. Supongo que quiero algo más.

–Yo también.

–¿Quieres más? ¿Más sexo o más...?

–No tengo problema con tener más sexo –admitió él con una sonrisa–. Sin embargo, no me refería a eso. ¿Te sorprende?

–Sí, yo pensaba que... Siempre me ha parecido que evitabas que nos vieran juntos en público. Sé que no tengo buena fama y... Bueno, es comprensible.

–¡Por Dios! –Santiago se puso en pie–. Sí, evitaba llevarte a los sitios públicos, pero no por vergüenza... –negó con incredulidad–. Por puro egoísmo. El tiempo que teníamos para estar juntos era muy limitado. Pasabas más tiempo con los burros que conmigo, así que no quería compartirte con nadie más.

Lucy no pudo evitar que se le llenaran los ojos de lágrimas.

Incapaz de contener el deseo de acariciarla, Santiago se sentó de nuevo y le agarró las manos.

–Cuando entras en una habitación, la llenas de luz –le dijo–. La gente se siente atraída por ti, por tu belleza, por tu calidez, por el interés que muestras hacia los demás. ¿Cómo iba a estar avergonzado? Sé que cuando estás a mi lado soy la envidia de todos los hombres.

Lucy levantó la mano para secarse las lágrimas.

—No soy un hombre fácil para convivir...

¡Le estaba pidiendo que viviera con él!

—Aunque tú eres una mujer fuerte.

—¿Es la manera educada de decir que soy una cabezota?

—Es la manera de decir que no eres como Magdalena.

Lucy tragó saliva al oír sus palabras.

—Y no permitirás que te trate mal.

Incapaz de soportar el odio hacia sí mismo que reflejaban sus palabras, Lucy le puso un dedo en los labios a Santiago.

—Por favor, no digas eso. Lo odio, y no es cierto. Magdalena tenía problemas y tú no eras el culpable. Y su muerte fue un accidente.

Notó en su mirada que no la creía. Él cargaría siempre con el sentimiento de culpabilidad, aunque quizá con el tiempo y con ayuda... El amor que sentía por él era tan intenso que apenas podía respirar... quería permanecer siempre a su lado.

Santiago respiró hondo y la miró a los ojos. Se percató de que Lucy trataba de contener las lágrimas y le sujetó el rostro con las manos.

—¿De veras creías que iba a permitir que te alejaras de mí?

La emoción que había en su voz hizo que sintiera una fuerte presión en el pecho. Ella nunca se había imaginado que el amor podía sentirse como algo físico... que se podía amar tanto a alguien que resultara doloroso.

—Me volvería loco y, además, Gabby nunca me lo perdonaría. Ya está pensando en la impresión que vas a causarles a sus amigas el día que los padres pueden ir a la escuela.

—Oh, cielos... ¡Lo siento!

Él frunció el ceño.

—¿Lo sientes?

—Hablaré con ella si quieres. Las niñas fantasean muy a menudo.

—¿Crees que mi hija fantasea al pensar en ti como madre?

—Me parece un gran detalle por su parte —admitió ella—. Y me gustaría ser su amiga, pero... Esto no es asunto mío, pero quizá...

—¿No es asunto tuyo? ¡Claro que es asunto tuyo! —se dio una palmada en el pecho—. Yo soy asunto tuyo. Y Gabby tiene muchas amigas, lo que necesita es una madre. Confiaba en poder decirle que tendría una...

Lucy tardó unos segundos en asimilar sus palabras.

—¿Eso es una propuesta?

La indignación hizo que le temblara la voz. No era la respuesta que ella esperaba.

—¿Eso es un «no»?

—¡Me estás pidiendo que me case contigo para poder darle una madre a tu hija! ¡Claro que es un «no»! Cuando me case, quiero a un hombre que sea... —se mordió el labio inferior y cerró los ojos para contener las lágrimas—. Quiero un matrimonio que me dé algo más que un anillo. Preferiría tener una aventura que un matrimonio de conveniencia.

—¡Una aventura! ¿Qué estás diciendo? No te he pedido que te cases conmigo por Gabby. ¡Te he pedido que te cases conmigo porque te quiero!

Ella se secó las lágrimas.

—¿Me quieres? —susurró.

—¿Por qué crees que iba a pedírtelo si no? Olvida la pregunta. No vaya a ser que pienses que te lo he pedido porque combinas con mi pelo y mi corbata —Santiago la abrazó con fuerza y notó que la rabia se disipaba de su cuerpo.

Su sonrisa hizo que a ella le diera un vuelco el corazón.

—¿Me quieres...?

—Con toda mi alma... y mi corazón.

—Esto no parece real —dijo ella.

Él la besó en los labios y ella susurró:

—Te quiero, Santiago.

Cuando se separaron para respirar otra vez, ella estaba sentada sobre su regazo sin saber cómo había llegado allí. Estar con Santiago era más que suficiente.

Más tarde, cuando Lucy se levantó para ir a vestirse, encontró su vestido recién planchado. Se lo puso y se miró al espejo, sonriendo. Cuando regresó a la cabina, Santiago iba vestido con un traje negro, una camisa blanca y una corbata gris. Estaba tremendamente atractivo.

—Nadie va a mirar a la novia —dijo él—. Estás increíble.

—No me hagas llorar —dijo ella.

—¿Quieres que sea malo contigo?

Lucy soltó una carcajada.

—¿Te importa si hoy no le contamos a mi familia nuestros planes?

Al ver que él se tensaba, ella corrió a su lado.

—No es que no quiera decírselo... ¡De hecho, me gustaría gritarlo desde lo alto de un edificio! Es solo que hoy es un día especial para Gianni y Miranda. No quiero quitarles el protagonismo.

–Y no lo harás, porque eres una mujer considerada que suele dar prioridad a los sentimientos de los demás, además de tener tendencia a robarme mis posesiones más preciadas.

–¡Tu coche! Me había olvidado. No estoy segura de dónde está. Lo dejé en doble fila más o menos. ¿A lo mejor te han puesto una multa?

–Te la pasaré –le prometió.

Bajaron del avión agarrados de la mano y Santiago la llevó hasta una limusina.

Llegar a la boda con Santiago a su lado fue uno de los momentos en los que más orgullo había sentido en su vida.

Él se mostró encantador con los miembros de su familia y, después, todos le aconsejaron a Lucy que no lo dejara escapar.

Lucy, que nunca había llorado en una boda, no dejó de hacerlo durante toda la ceremonia. Cuando la pareja intercambió los votos, Santiago la miró con los ojos humedecidos.

Como el resto de los invitados, salieron hasta donde estaba tocando una banda y empezaron a bailar.

La banda comenzó a tocar un tema lento y Santiago estrechó a Lucy entre sus brazos.

–Sabes bailar –descubrió ella.

–Ha sido una boda preciosa –comentó él.

–Lo es, y todo el mundo te adora.

Él se detuvo un instante y dijo:

–Solo necesito el amor de una persona.

–Lo tienes, lo tienes –prometió ella.

Sin avisar, él soltó un grito de guerra y la tomó en

brazos, dando vueltas sin parar hasta que ella le suplicó que la dejara.

Una vez en tierra firme, ella lo miró y dijo:

—Creo que no puede haber un día más perfecto que
este.

—El día de nuestra boda lo será.

—No guardes tu sombrero, Maeve... me da la sensación de que va a haber otra boda en la familia Fitzgerald.

Lucy se volvió y sonrió a sus tías que pasaban por
allí.

—No, tía Maggie, será una boda de la familia Silva,
pero no digas nada hasta que esta termine.

—¿Por qué no, querida? Lleváis anunciándolo desde
que entrasteis agarrados de la mano. ¡Qué grande es el
amor!

—Grande y maravilloso —contestó Santiago, sin dejar de mirar a su futura esposa.

Bianca

¿Cómo podría resistirse a su despiadada seducción?

Guido Barberi no había vuelto a ver a su exmujer desde que ella lo abandonó… llevándose consigo un cuarto de millón de libras. Pero nada más reencontrarse con ella se dio cuenta de que seguía deseándola, y qué mejor manera de vengarse de ella que convertirla en su amante…

Sara no podía creer que Guido hubiese mejorado tanto con los años. A pesar de lo mucho que lo odiaba, lo deseaba aún más que antes…

ODIO Y DESEO
JACQUELINE BAIRD

Acepte 2 de nuestras mejores novelas de amor GRATIS

¡Y reciba un regalo sorpresa!

Oferta especial de tiempo limitado

Rellene el cupón y envíelo a

Harlequin Reader Service®
3010 Walden Ave.
P.O. Box 1867
Buffalo, N.Y. 14240-1867

¡Sí! Por favor, envíenme 2 novelas de amor de Harlequin (1 Bianca® y 1 Deseo®) gratis, más el regalo sorpresa. Luego remítanme 4 novelas nuevas todos los meses, las cuales recibiré mucho antes de que aparezcan en librerías, y factúrenme al bajo precio de $3,24 cada una, más $0,25 por envío e impuesto de ventas, si corresponde*. Este es el precio total, y es un ahorro de casi el 20% sobre el precio de portada. !Una oferta excelente! Entiendo que el hecho de aceptar estos libros y el regalo no me obliga en forma alguna a la compra de libros adicionales. Y también que puedo devolver cualquier envío y cancelar en cualquier momento. Aún si decido no comprar ningún otro libro de Harlequin, los 2 libros gratis y el regalo sorpresa son míos para siempre.

416 LBN DU7N

Nombre y apellido	(Por favor, letra de molde)
Dirección	Apartamento No.
Ciudad	Estado Zona postal

Esta oferta se limita a un pedido por hogar y no está disponible para los subscriptores actuales de Deseo® y Bianca®.
*Los términos y precios quedan sujetos a cambios sin aviso previo.
Impuestos de ventas aplican en N.Y.

SPN-03   ©2003 Harlequin Enterprises Limited

Una desconocida en mi cama

Natalie Anderson

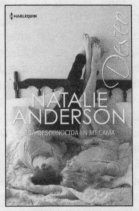

Al volver a casa tras una misión de salvamento y un largo vuelo en avión, en lo único en lo que podía pensar James Wolfe era en dormir, y al encontrarse a una hermosa desconocida dormida entre sus sábanas se enfureció.

A Caitlin Moore, una celebridad caída en desgracia, un amigo le había ofrecido un sitio donde quedarse, y no iba a renunciar a él tan fácilmente. De mala gana llegó a un acuerdo con James, pero con las chispas que saltaban entre ellos, que podrían provocar un apagón en todo Manhattan, iba a resultar casi imposible que permanecieran cada uno en su lado de la cama.

¿De verdad era un buen acuerdo
compartir cama?

Bianca

Estaba cautiva a merced de sus deseos

La grandiosa mansión Penvarnon House fue donde Rhianna Carlow, la despreciada sobrina del ama de llaves, pasó su adolescencia. Pero ahora no es la única persona que regresa como invitada para una boda, también lo hace Alonso Penvarnon, tan arrogante y cruel como siempre.

Él solo tiene una misión: mantener lejos de la mansión a Rhianna. Por lo tanto, Alonso, descendiente de un pirata español, la rapta… y ella se encuentra cautiva en un lujoso yate a merced de sus deseos...

CRUEL DESPERTAR
SARA CRAVEN